그분을 생각한다

그분을 생각한다

한승현 지음

문학동네

머리말

1960년대 후반, 그러니까 이십대의 내가 고뇌의 석양 노을 속에서 '인생론'을 들추며 이것저것 잡독을 하던 시절, 『리더스 다이제스트Leader's Digest』라는 잡지의 「내가 만난 잊을 수 없는 사람들The Most Unforgettable Character I Have Ever Met」이라는 연재물이 30년도 넘게 장수하면서 인기를 누리고 있었다. 그때, 나도 언젠가는 그런 제목에 어울리는 '인물 또는 인간 이야기'를 써보고 싶다는 생각을 하게 되었다.

그후 나는 험난한 세상을 살아오면서, 참으로 많은 사람들과 이런저런 접점接點과 사연을 쌓아가면서 어느덧 팔십대 중반의 오늘에 이르렀다.

그런 시공時空 속에서 나도 '내가 만난 잊을 수 없는 사람들'을 글로 써서 인생의 나그넷길을 동행하고 있는 당대의 여러 분들과 널리 '공유'하고 '다시 보기' 하도록 권할 만한 '자원'이 확보되었다.

참으로 감사하게도, 내가 접한 인물 중에는 메마르고 야속한 이 세상과 이웃을 위해서 '사서 고생 하는' 분들이 많았기에, 그들의 삶을 널리 알려서 독자 여러분의 인생역정에 아름다운 도반道伴으로 삼도록 했으면 좋겠다는 생각이 머리를 들었다.

그렇다고 해서 이 책이 유명인사들의 평전이나 일대기는 아니다. 다만 내가 직간접으로 교감한 인물들과의 접점과 경험을 사실대로 전하고 싶었을 뿐이다. 그러기에 인물이나 행적에 어떤 미화나 윤색을 할 필요는 없었다. 그들의 삶의 민낯 그대로가 우리에게 티 없는 깨달음을 주는 터여서 인공적 성형은 오히려 진실과 시계視界만 흐려놓을 뿐이기 때문이다. 다만, 대상 인물에 대한 전방위적인 이해를 돕기 위하여, 먼저 한 인물이 처했던 시대상황과 삶의 행보를 원경

遠景으로 넓게 잡고, 이어서 저자가 직접 교감하고 확인했던 인간적 측면을 근경近景으로 잡아 써나감으로써 전인적 평가가 이루어지도록 힘썼다.

그런데, 이 책에 수록된 글들은 이른바 '전작全作'으로 쓰인 것이 아니라 시간과 계제階梯를 달리하여 쓴 글들을 한 권의 책으로 엮다보니, 문체나 어법이 통일되어 있지 않아서, 죄송스럽게 생각한다.

회자정리會者定離라는 말 그대로, 이 세상을 헌신과 감동의 빛으로 채워주던 인걸人傑들도 무상하게 우리 곁을 떠난다. 잊어서는 안 될 사람들도 어느덧 망각의 저편으로 멀어져간다. 영화의 대본에서 F. O.(페이드아웃) 기호에 따라 차츰 어둠에 묻혀가는 화면처럼 그렇게 우리의 현실에서 사라져간다. 그리고 그리움과 아쉬움이 배어 있는 회상으로 출몰한다.

세상을 바로잡겠다며 헌신한 인물들, 어려운 삶 속에서도 바른길을 지키며 살아간 분들, 그들이 보여준 삶의 실체와 교훈을 널리 알리는 데 이 책이 기억과 깨달음의 각성제가 되었으면 좋겠다.

그런 나의 뜻을 헤아려서 '그분'들의 의미 있는 삶의 '다시 보기' 효과를 높일 수 있도록, 각별한 배려를 해주신 문학동네의 염현숙, 김소영 두 대표님과 박영신 부장님, 그리고 최윤미 차장님과 임혜지 과장님에게 두루 감사의 말씀을 드린다.

2019년 4월 19일

한승헌

차례

갑오년의 농민 봉기,
서당 훈장이
'장군'이 되어

전봉준 장군

전봉준

全琫準, 1855~1895

전봉준 장군은 전북 고부군 향교의 장의掌議를 지낸 전창혁의 아들로 태어났다. 아버지 전창혁이 고부군수 조병갑의 탐학에 저항하다가 모진 곤장을 맞고 한 달 만에 숨져 전봉준이 사회 개혁에 뜻을 두게 되었다는 의견도 있다. 세 마지기의 전답을 경작하는 소농이었으나, 농사일 외에 동네 아이들에게 글을 가르쳐 주는 훈장 일은 물론 약장수, 지관 등으로 일하며 생계에 도움을 보탰다.

체구가 아주 작아 '녹두'라고 불렸던 전봉준은 1894년 1월, 농민들과 힘을 합쳐 고부관아를 습격해 당시 고부군수 조병갑을 몰아냈다. 이에 조정에서는 새로 이용태를 안핵사로 삼고 박원명을 고부군수로 임명해 사태를 수습케 하나 탄압과 학정이 계속됐다. 이에 전봉준은 1894년 3월 무장에서 포고문을 선포해 민란은 동학농민혁명으로 전환되었다.

1894년 4월 전봉준이 이끄는 동학농민군은 부안을 점령하고 황토현, 정읍, 흥덕, 고창을 휩쓸고 파죽지세로 4월 27일 전주성에 입성했다. 이후 동학농민군은 경군과 한바탕 싸움을 벌여 양측 모두 상당한 타격을 입었다.

이즈음 정부가 청나라에 지원을 요청하자, 일본군도 텐진조약을 앞세워 일방적으로 파병을 한다. 이런 위급상황에 양호초토사 홍계훈은 일단 폐정개혁을 실시한다는 조건으로 전봉준과 화약을 맺었다. 그러나 오래지 않아 청일전쟁이 발발하여 농민군의 목표는 탐관오리의 추방 숙청에서 외세의 격퇴로 성격이 일변했다. 전봉준은 경군과 충청감사에게 항일을 위한 민족연합전선을 제의하나 거부당하고, 이후 일본군과 공주에서 전투를 벌이지만 죽창과 농기구만 가지고 싸운 농민군은 총으로 무장한 일본군에게 연전연패하고 수만 명의 희생자를 내고 퇴각했다. 그뒤 순창에서 체포된 전봉준은 일본군에게 넘겨져 서울로 압송, 법무아문

권설 재판소에서 사형을 언도받아 손화중 등과 함께 처형되었다.

부패하고 외세에 의존한 지배층을 향한 전봉준의 저항은 실패했지만, 항일의병운동과 3·1운동의 분출로 그 맥은 이어졌다. 동학농민운동은 미완의 혁명이었으나 오늘날 평등사상과 자유민주화의 지평을 연, 근대 민족사의 대사건이라 할 만하다.

전봉준, 마흔한 살의 아까운 나이에

한 시대의
불행한 아들로 태어나
고독과 공포에 결코 굴하지 않았던 사람
암울한 시대 한가운데
말뚝처럼 횃불처럼 우뚝 서서
한 시대의 아픔을
온몸으로 한몸으로 껴안고
피투성이로 싸웠던 사람

김남주, 지금은 망월동 묘역에 고이 잠들어 있는 이 분노의 시인은 「황토현에 부치는 노래」 첫머리를 이렇게 시작했다. 1894년, 갑오년 내내 동학농민혁명의 '총대장'으로 삼남을 휩쓸다가 마흔한 살의 아까운 나이에 형장의 이슬로 사라진 전봉준. 바로 그의 얼굴에 이 추모시를 쓴 김남주의 얼굴이 겹친다. 두 사람의 부릅뜬 눈이 무섭다.

그때 "한 시대의 아픔을 온몸으로 한몸으로 껴안고 피투성이로 싸웠던 사람"이 어찌 전봉준뿐이었으랴. 손화중, 김개남 같은 지도자들, 아니, 어찌 그들뿐이랴. 제폭구민除暴救民의 기치旗幟 아래 반봉건 반침략의 싸움에 목숨을 바쳤던 수많은 백성들을 함께 기억해야지.

탐학에 못 견딘 백성들의 봉기

내가 대표를 역임한 사단법인 동학농민혁명기념사업회(전주)는 그들의 함성과 통분과 목숨이 묻혀 있는 역사의 공간을 무대로 삼는 시민운동단체다. 우리의 발길은 갑오년 농민 봉기 때 전국에서 맨 먼저 항거의 불길을 댕긴 전라도 땅 무장, 고부, 백산, 황토재, 전주, 삼례 그리고 충청도 공주 우금치까지 미친다.

고부군수 조병갑의 탐학에 못 견딘 백성들이 관아를 습격함으로써 농민 봉기는 시작되었다고 학교에서 배웠다. 그런데 그 농민전쟁이야말로 우리 근대사의 흐름을 바꾸어놓은 위대한 민중 항쟁이었다.

그렇다면 그런 항쟁을 유발한 조병갑의 공로(?)도 인정해야겠다는 역설을 더듬어본다. 그런 '조병갑'이 어찌 전라도 고부 땅에만 있었겠는가. 어차피 '민란'이 일어날 요인은 조선 팔도 어디에나 도사리고 있었기에 불길은 그처럼 전국에 번졌던 것.

농사짓던 몸으로 기껏 죽창이나 쇠스랑을 무기삼아 돌진하던 100년 전 동학농민군들의 모습을 상상해보라. '동도대장東徒大將' 전봉준도 이름은 장군이지만, 언제 무술을 닦았다거나 무장이 될 만한 경력을 쌓은 사람이 아니었다. 한학을 공부하고 서당 훈장을 지낸 유생이었을 뿐. 그런데도 보국안민輔國安民, 광제창생廣濟蒼生의 대의를 살리고자 분연히 일어선 그들의 애국 충정은 얼마나 눈물겨운가.

서당 훈장을 지낸 유생의 몸으로

우리 기념사업회는 해마다 그때 혁명군이 밟고 간 황톳길을 따라 전적지 답사를 한다. 수백 명의 시민 학생들이 긴 행렬을 이룬다. 처음 봉기했던 무장, 고부, 집결지 백산, 전주 감영군에 대승을 거둔 황토재, 입성 후 화약和約을 맺고 맨 처음 집강소執綱所를 설치했던 전주, 그리고 그 처절한 패배를 남긴 저 충청도의 공주 우금치, 그 통한의 땅에도 농민군 후예들의 발걸음은 미친다.

"저 넓은 이 땅의 푸른 들판을 보라. 농민들의 함성과 절규의 저 황톳길을 보라. (중략) 어느 한 곳인들 저항과 혁명의 뜨거운 불길이 닿지 않는 곳이 있는가를."

전북일보의 젊은 기자들이 2년에 걸쳐 현장을 답사하고 쓴 『동학농민혁명 100년』에는 이렇게 적혀 있다. 단 한 번뿐인 삶을 던진 그 선열들의 애국적 용기와 희생정신을 본받자는 뜻에서 여러 가지 사업과 행사를 벌여오고 있지만, 생각해보면 오늘의 우리는 얼마나 부끄러운 존재들인가.

후천개벽의 길을 트고자

슬프게도 농민군들은 장렬하게 산화散華했거나 흩어져갔다. 잡혀가서 죽임을 당하기도 했다. 우리들이 해마다 찾아가는 그 땅은 그러나 결코 패배의 공간이 아니었다. 아니 패배라고 하더라도 그것은 의로운 역사의 종말이나 단절은 아니었다. 훗날 일제 침략에 대항하는 의병활동으로, 일제 강점기의 항일 무장투쟁으로, 기미己未독립운동으로 그 맥락이 면면히 이어져왔음에랴. 죽은 자는 그 죽음이 남긴 의미와 가르침으로, 살아남은 자는 그의 육신을 바친 또 한번의 애국으로 그렇게 이 땅에 후천개벽後天開闢의 길을 트고자 했다.

반봉건, 반침략을 부르짖는 농민들의 열망은 요즘 말로 하자면 개혁, 자치, 자주라고 요약할 수 있다. 다시 말해서 동학농민혁명 정신이야말로 지금 이 나라의 국가적 과제와 맞닿아 있는 것이다. 더구나 지배의 객체로만 살아온 백성들이 스스로 각성하고 궐기하여 역사의 주체로 격상했다는 점에서 동학농민혁명은 '아래로부터의 혁명'을 실천한 전형典型이라고 아니할 수 없다.

합법 공간에의 자리매김

하지만 이 농민혁명은 당시에는 물론이고, 일제 지배하에서는 '동학란'으로 폄하되었을 뿐 아니라, 불과 몇 해 전까지만 해도 일부 사람들에 의해서 '불온한 반란'쯤으로 평가되었다. 아니, 지금도 그런 오해와 왜곡에서 벗어나지 못한 사람들이 남아 있는 것이 현실이다. 1994년, 동학농민혁명 100주년 기념행사 때 나는 한 기관장에게 축사를 부탁했다. 그분은 난처한 표정으로 이렇게 말하는 것이었다.

"동학농민군의 전주성 입성은, 지금으로 말하자면 제 선임자가 반란군에 쫓겨 도망간 사건인데, 어떻게 제가 나가서 축사를 합니까."

나는 이렇게 말했다.

"지금의 정부가 갑오년 당시 백성들의 원한을 산 것과 같은 부패 무능한 정부라면 기념행사에 안 나오셔도 좋습니다만, 제가 알기로는 국민을 위하여 국정 개혁을 하겠다고 하던데……"

행사 당일, 그 기관장은 기념식에 참석하여 축사를 했고, '동학농민혁명 만세'도 함께 외쳤다. 경찰국장도 함께 참석하여 시선을 모았다.

우리는 이런저런 기념사업에 정부나 자치단체로부터 지원금도 받게 되었다. 언론사에서는 우리의 사업 또는 행사에 공동주최나 후원을 해주기도 한다. 대통령이 축하 메시지도 보내주었다. 이런 과정을 거치면서 동학농민혁명은 물론, 사시斜視의 굴레를 벗어가며 이른바 '합법 공간'으로 당당히 자리매김해왔다.

농민군 지도자의 유골 봉환

1906년에 한 일본인이 진도 근처에서 몰래 가져간 농민군 지도자의 유골을 우리 기념사업회가 중심이 되어 홋카이도대학에서 봉환해올 때(1995년), 농민군의 궐기와 전봉준의 최후를 그린 초대형 음악극으로 국립극장 산하 370명의 인원이 무대 앞뒤에서 땀흘린 대작 〈천명天命〉의 지방 공연을 성공리에 실현했을 때(1997년), 우리 기념사업회의 역량과 국민 각계의 호응은 함께 파장을 넓혀갔다. 그만큼 농민혁명을 널리 바르게 이해시키는 새로운 계기를 마련한 셈이었다.

지금은 전국 열두 개 지역에 이 농민혁명 기념사업단체가 있고, 학계에도 많은 연구자들이 나와서 농민혁명에 대한 인식이 많이 달라져가는 것은 사실이다. 2000년 12월 7일에는 국회의원들의 연구단체의 하나로 '갑오동학농민혁명연구회'가 발족되었다. 갑오년 그때 우금치 전투의 패배로 서울 진격에 실패한 농민군의 뜻이 이제 비로소 여의도 국회의사당 안에 도달한 것이다. 이처럼 연구 모임 및 역사 특강 등이 바탕이 되어 2004년 2월에는 '동학농민혁명 참여자 등의 명예회복에 관한 특별법'이 제정되는 등 입법적인 진전을 보이기도 했다.

황토현 전승의 날을 국가기념일로

또한 농민군이 관군과의 전투에서 대승을 올린 황토현 전승의 날인 5월 11일을 동학농민혁명 법정기념일로 정했는가 하면, 2018년 4월에는 전봉준이 처형된 서울 종로 네거리에 민간 모금으로 전봉준 장군의 동상을 건립했다. 그곳은 전봉준이 사형 선고를 받고 고문으로 가누지 못하던 몸을 벌떡 일으키며, "정의를 위해 죽는 것은 조금도 원통하지 않으나 오직 역적의 이름을 받고 죽는 것이 원통하다"고 개탄했던 전옥서典獄署가 있던 자리여서 더욱 역사적 의미가 깊다.

우리 민족이 내세울 민중운동사 가운데 이 동학농민혁명만큼 자랑스러운 역사가 또 어디에 있는가. 아니 세계 어느 나라 역사에서도 찾아보기 힘든 엄청난 사건이 아니었을까. 그러기에 그 혁명정신을 널리 알리고 이를 계승 발전시키는 일은 무슨 기념사업단체만의 사업에 그칠 것이 아니라 국가적인 과제가 되어야 한다. 무엇보다도 먼저 동학농민군의 명예회복이 이루어져야 한다. 각급 교육기관의 교과서나 교재의 농민혁명에 대한 서술이 좀더 충실해져야 할 것이며, 기념관 등의 건립에도 국가적인 배려가 있어야 마땅하다.

일찍이 시인 신동엽은 그의 장편 서사시 「금강」에서 이렇게 노래했다.

1894년쯤엔,
돌에도 나무등걸에도
당신의 얼굴은 전체가 하늘이었다.

하늘,
잠깐 빛났던 당신은 금세 가리워졌지만
꽃들은 해마다
강산을 채웠다.

이제라도 우리는 갑오년 그해 이 땅의 민초들의 새 세상을 향한 염원을 가꾸어나가는 일에 가슴을 열어야 한다.

아! 전봉준, 서당 훈장의 몸으로 농민군의 선봉에 섰을 때, 그 눈빛은 얼마나 형형했을까? 옛 동지의 배신으로 체포되어 서울로 압송될 때의 찢어지는 마음은 오죽했을까? 일본 관헌에게 야만적인 고문을 당하면서도 "나를 죽일진대, 종로 네거리에서 목을 베어 오가는 사람들에게 내 피를 뿌려주는 것이 옳거늘, 어찌 컴컴한 도둑의 소굴에서 죽이려 하느냐"고 호통을 치며 죽음 앞에서도 의연했던 전봉준 장군.

그가 손화중 등 동지들과 함께 순국한 지 123주년이 되는 날(2018년 4월 24일), 숨을 거둔 바로 그 자리, 서울 종로 네거리에 장군의 동상을 건립했다. 그는 여전히 눈을 부릅뜨고 있었다.

백성 사랑 올바른 길 무슨 허물이더냐.
나라 위한 일편단심 그 누가 알리.

이런 유언을 남기고 이승을 떠나시던 그날, 마흔한 살의 녹두 장군은 얼마나 외롭고 통탄스러웠을까?

겨레의 스승이신
사상가이자 민주투사
함석헌 선생

함석헌
咸錫憲, 1901~1989

함석헌 선생은 1901년 평안북도 용천에서 태어났다. 망국, 일제 강점, 해방, 전쟁, 분단, 독재, 군사쿠데타로 이어지는 질곡의 세월을 맨몸으로 관통한 그는, 격동의 시대만큼이나 격변의 삶을 살았다. 어려서는 한학을 수학했고, 자라서는 신학문을 배웠다. 1916년 평양고등보통학교에서 공부하다가, 1919년 3·1운동에 참가한 후 이에 대한 반성문을 쓰라는 일본인 교장의 제의를 거부하고 퇴학당했다. 이후 이승훈이 인재를 양성하기 위해 세운 민족학교인 오산학교에 1921년 편입해 수학하다가 스승 유영모를 만나 '씨올사상'의 단초를 얻었다.

1923년 오산학교를 졸업하고 일본의 동경고등사범학교에 입학해 역사와 윤리학을 공부하며 우치무라 간조內村鑑三의 성서집회를 통해 교회의 매개 없이 성서와 신앙만으로 신과 만나는 '무교회주의'를 접했다. 동시에 베르그송, 셸리, 톨스토이, 간디, 니체, 마르크스 등 무수한 작가와 사상가들의 책을 탐독하며 종교와 과학, 역사와 윤리, 물질과 정신, 국가주의와 세계주의, 자유와 생명, 개체와 전체, 존재와 생명 등 상호 긴장 및 갈등관계에 놓인 난제에 대한 나름의 해답을 얻었다. 1928년 졸업하자마자 고국으로 돌아와 오산학교에서 교편을 잡았고, 김교신 등과 『성서조선』을 발간했으며 여기에 자신의 사상을 「성서적 입장에서 본 조선역사」 등으로 조금씩 다듬어 발표했다.

그러나 가혹해진 일제의 탄압과 전쟁을 겪으면서 함석헌의 사상은 급진적으로 전환됐다. 무교회주의를 벗고 정통 기독교를 넘어선 그는, 충남 천안에 '씨올농장'을 세우고 동양 유불선 사상과 서구 기독교를 결합한 나선형적 역사철학인 씨올사상을 벼려냈다. 끊임없이, 치열하게, 비폭력적으로 투쟁하는 행동 철학인 씨올사상은 함석헌의 삶을 압축하는 한 줄이기도 하다.

함석헌은 1956년 장준하의 『사상계』에 참여하며 독재정권과의 싸움을 시작했다. 이승만 시절에는 「생각하는 백성이라야 산다」를, 5·16 직후에는 「5·16을 어떻게 볼까」를 발표하여 권력과 각을 세웠다. 1970년 시인 김지하의 「오적」을 실어 『사상계』가 폐간되자, 직접 『씨올의 소리』를 창간해 언로를 열었다. 『씨올의 소리』는 1980년 1월 전두환 신군부가 언론 통제를 위해 신문·방송·통신을 강제로 통폐합해 폐간될 때까지 10여 년간 민주화운동의 견고한 한 축을 이룬다.

씨올들을 위해 평생 글을 쓰고 대중 강연과 집회, 시위를 조직하고 이끌었던 함석헌은 1989년 별세했다.

우리 겨레의 스승

제가 함석헌 선생님을 처음 알게 된 것은, 자유당 때 『사상계』와 『씨올의 소리』 독자로서였습니다. 함선생님은 신구학문에 박학하셨는데다 여러 분야에서 많은 일을 해오셨기 때문에 이분은 이런 분이다, 종교사상가다, 역사철학자다, 민주지도자다, 이렇게 한마디로 규정하기는 어렵습니다.

함석헌기념사업회의 김경재 목사님은 이 어른을 "20세기 한국현대사의 격동기에 한국이 낳은 세계적인 종교사상가다" 이렇게 한 줄로 집약해서 말씀하셨습니다. 민족의 스승이라는 호칭도 낯설지 않습니다.

훌륭한 스승을 만나다

함선생님 자신도 훌륭한 스승을 만나는 인복人福을 타고난 분이었습니다. 가령 평안북도 오산학교에 들어가셨을 때에는 남강 이승훈 선생을 만나게 됩니다. 그분은 원래 사업을 해서 돈을 벌었는데, 도산 안창호 선생의 강연을 듣고 감화를 받아서 교육가로 전신하고, 그후에 기독교 장로가 되었으며, 3·1운동 때에는 민족대표 33인 중 한 사람으로 이름을 올리셨습니다. 또 그때의 오산학교 교장이 고당 조만식 선생이었고, 나중에 다석 유영모 선생도 은사가 되십니다.

그뿐만 아니라 일본에 유학해서 동경고등사범학교에 다니실 때, 우치무라 간조라고 하는 일본의 무교회주의자이자 훌륭한 종교사상가를 알게 되고, 역시 무교회주의자인 김교신과 교유하면서 그의 『성서조선』을 통해서 「성서적 입장에서 본 조선 역사」를 저술하게 됩니다.

함선생님은 훌륭한 스승을 만났을 뿐 아니라 자신도 훗날 훌륭한 스승이 되셨다는 것, 그리고 그의 영향을 받은 훌륭한 사상가, 학자, 지도자 들이 여러 사람 나왔다는 것은 함선생님 자신을 위해서만이 아니라 우리나라를 위해서 매우 다행스러운 일이었다고 생각합니다.

원효로 언덕 위의 초라한 그 집

함선생님은 곡절 많은 우리 역사 속에서 겨레의 괴로움

을 자신의 괴로움으로, 동포의 아픔을 자신의 아픔으로 떠안고 살다 가셨습니다.

저는 1970년대 초반부터 원효로4가 언덕바지에 있는 함선생님 댁을 자주 드나들었습니다. 나중에 쌍문동으로 이사하신 뒤에도 가끔 댁으로 찾아가 뵈었고, 밖에서 무슨 모임이 있을 때는 댁에까지 모셔다드리기도 했습니다만, 어쨌든 원효로 언덕의 검소하다못해 초라한 그 집이 우리들에게는 한 시대의 추억을 되살려주는 명소이기도 했습니다. 박정희 군사독재하에서 민주화운동에 나선 사람들이 거기에 모여 세상을 개탄하면서 토론도 하고 시국 성명서에 서명도 하였습니다.

함선생님께서는, 그때 이미 노구老軀라고 할 수 있는 고령이셨는데도, 일정만 겹치지 않으면, 대도시가 아닌 한반도의 저 남단 시골, 군청 소재지까지도 원근을 가리지 아니하고 직접 가서 강연을 하셨습니다.

어느 겨울날 아침, 무슨 일이 있어서 제가 원효로에 있는 선생님 댁으로 올라가는데, 마침 선생님께서 눈발 속에 두루마기 자락을 바람에 휘날리면서 내려오시는 거예요.

"선생님 어디 가세요?"

"나 경상도 포항 쪽에 강연 갑니다."

흡사 이웃 마을에 잠시 다녀오실 시골 노인 같은 표정이었습니다.

강연 두 시간 전에 함선생님의 대타로

1970년대 초반에는 서울 명동에 있는 대성빌딩에서 자주 시국 강연회가 열렸습니다. 당시 권력자가 싫어하는 여러 집회가 거기서 열렸는데, 한번은 함선생님께서 어느 강연회에 연사로 서시게 돼 있었는데, 갑자기 몸이 불편하셔서 나오실 수가 없게 되자 대타로 저를 지명하셨습니다. 그것도 강연 두 시간 전이었으니 참 난감했지요.

함선생님 말씀을 들으려고 모인 청중 앞에 이 몰골의 제가 대신 단상에 올라가면 얼마나 실망하겠습니까. 그러나 망설이고만 있을 겨를이 없어서 큰 용기를 내서 대성빌딩으로 갔습니다. 제가 단상으로 올라갈 때, 아마도 청중은 제가 무슨 광고 말씀이라도 하려는 줄 알았을 것입니다. 그런 청중 앞에서 역사적인 해프닝을 제가 어떻게 때웠는가? 여기에 대해서는 '하느님이 보우하사'란 말로 메꿀 수밖에 없습니다.

이 세상을 위한 종교의 참모습을

다음으로 제가 국제앰네스티Amnesty International 한국지부의 일을 맡아보고 있을 때의 이야기를 잠깐 하겠습니다. 앰네스티는 '사면赦免' 또는 '용서'라는 뜻인데, 전 세계적으로 정치범 또는 양심수를 돕는 한편 사형과 고문을 반대하는 국제민간기구입니다. 1972년에 창립된 한국지부는 박정희 군사정권의 압제 속에서 여러모로 활동이 어려웠는데, 그때 고맙게도 함선생님께서 정말 한 나라의 어른답게, 지도자답게 회원으로 참여하시어 저희에게 용기를 주시고, 국제적인 무게도 높여주셨습니다. 회비도 꼬박꼬박 잘 보내주셨습니다.

함선생님을 생각할 때 함께 떠오르는 분이 장공 김재준 목사님입니다. 두 어른이 비슷한 시기에 태어나 우리 겨레의 정신적인 지주가 되어주셨고, 민주주의를 위한 싸움에도 앞장서주셨습니다. 그러면서 이 세상을 위한 참종교의 모습이 무엇인가를 설파하시고, 또 몸소 실천하신 분들입니다.

함선생님은 나중에 무교회주의자로 바꾸셨다가 퀘이커로 옮기셨습니다마는, 어쨌든 두 분 모두 종교나 신앙에 관

해서 많은 글을 쓰셨고, 많은 설교나 강연을 하셨습니다. 저도 기독교에 관련된 두 선생님의 책을 읽고 정말 깨달은 바가 많았습니다.

그런데 저는 함선생님의 저서를 읽은 독자로 끝나지 아니하고, 바로 그런 좋은 책을 출판한 경험도 갖고 있습니다.

재야에서 황야로 추방된 나

1972년에 박정희 정권이 '10월유신'을 선포하자 1973년부터는 전면적인 반유신투쟁이 전국적으로 전개되는데, 박정희 정권은 그걸 막아보겠다고 1974년 1월에 대통령 긴급조치 1호를, 4월에는 4호를 선포합니다. 저는 이런저런 탄압사건의 변호를 한다고 쫓아다니다가 1975년 3월에 오히려 저 자신의 필화 사건으로 구속되었는데, 나중에 유죄판결을 받고 변호사 자격까지 박탈당해서 하루아침에 실업자가 됩니다. '실업가'가 되었으면 좋았는데…… (웃음)

원래 판검사의 세계를 우리나라에서는 '재조在朝 법조'라고 하고, 거기서 옷 벗고 나와서 변호사가 되면 '재야在野'라고 합니다. 그런데 저는 그 재야에서도 쫓겨났으니 그다음엔 '황야荒野'라, '황야의 법조인'이 됐는데(웃음), 그래도 무직자로 살 수는 없어서 '삼민사'라고 하는 출판사를 차리게 되었습니다.

그때, 삼민사에서 출판한 책 가운데는 종교에 관한 서적이 상당히 많았습니다. 그런데 함선생님께서는 명동에 자리한 전진상 교육관에서 가르치시고 또 『씨올의 소리』에 연재하셨던 노자, 장자 등 동양고전을 풀이한 원고를 주셔서 제가 갖다가 정리하여 출판을 했습니다.

그때는 지금과 달리 활판시대여서 조판이나 교정 작업이 굉장히 힘들 때였습니다. 굳이 교정지를 안 보여드리고 출판을 할 수 있으면 좋겠다 싶어서, 함선생님께 "바쁘신데 일일이 교정보시겠어요? 제가 잘 보겠습니다"라고 했더니, 뜻밖에도 교정을 직접 보시겠다고 하시지 않겠어요. 그래서 교정지를 갖다드렸더니 굉장히 자세히 보시고 고쳐주시면서, 한 번 더 보시겠다고 하는 것이었습니다. 문천상의 「정기가正氣歌」 한 구절에서 제호를 딴 『하늘 땅에 바른 숨 있어』라는 책이 함선생님께서 두 번이나 교정을 보신 책입니다.

"권력이 악독할수록 우리가 계속 써야지요"

함선생님은 『씨ᄋᆞᆯ의 소리』를 떠나서 생각할 수가 없지요. 저는 『씨ᄋᆞᆯ의 소리』 독자로서 족했는데, 어찌어찌하다가 그 잡지에 글을 쓰게 되었습니다. 정작 쓸 만한 분들이 독재권력을 의식해서인지 원고를 안 쓸 때라, 제가 부역 잡히는 셈치고 좀 썼습니다. 그런데 잡지가 나온 걸 보면, 그렇지 않아도 자기검열 다 해가지고 알아서 써보냈는데, 그나마도 여기저기 깎이고 만신창이가 되어 책이 나오곤 했습니다.

당시에 『씨올의 소리』와 『기독교 사상』은 제작과정에서 기관원들이 공공연히 개입해서 난도질을 했기 때문에 그런 일이 비일비재였습니다. 그래서 "에이, 글쓸 재미도 없다"라며 붓을 팽개쳤더니, 한번은 『씨올의 소리』 원고 청탁서가 우편으로 왔는데, 그 아래쪽 여백에 함선생님의 친필로 "권력이 악독할수록 우리가 계속 써야지요" 이렇게 적혀 있었습니다. 눈시울이 뜨거웠습니다. 그래서 가끔 주제넘은 글을 쓰게 되었습니다.

제가 함선생님으로부터 '특혜'를 하나 받은 게 있습니다. 함선생님께서는 붓글씨도 참 달필이신데, 여간해서 남에게 휘호를 안 써주신다고 그래요. 아까 말씀드린 동양고전 풀이 『하늘 땅에 바른 숨 있어』란 책을 낼 때, "책 앞머리에다가 선생님 친필 휘호를 넣으면 독자들이 얼마나 좋아하겠습니까?" 이렇게 운을 떼가지고 거듭 간청을 드려서 기어코 휘호를 받게 되었습니다. 지금도 소중하게 보관하고 있습니다마는 그 뜻은 "집고지도 이어금지유執古之道 以御今之有(옛사람의 길을 꽉 잡아 오늘(의 있음)을 다스린다)"라는 노자의 말씀이었습니다.

박정희 유신정권하에서의 민주화투쟁

제가 함선생님을 자주 뵐 수 있었던 때는 박정희 유신통치가 아주 포악해지면서, 이에 항거하는 민주화운동이 치열하게 전개되던 그런 시기였습니다. 선생님께서는 1964년 한일회담에 반대하는 국민적 운동에 앞장섰고, 그후 1969년에는 박정희의 대통령 삼선을 저지하기 위해서 '삼선개헌반대범국민투쟁위원회' 위원장이 되십니다. 1972년의 '유신' 선포 바로 다음해인 1973년엔 김재준 목사님, 이병린 변호사님 등과 함께 '민주수호국민협의회' 공동의장이 되시고, 또 1974년에는 '민주회복국민회의' 대표위원을 맡게 되십니다. 그리고 1976년 '3·1민주구국선언'에도 참여하셨다가 피고인으로 재판을 받는 등 많은 고난을 겪으셨습니다.

1979년 '10·26사태'(박정희 암살)가 발생하자 민주세력들이 바야흐로 새로운 민주정부를 수립할 호기가 왔다고 조금은 들떠 있다고 할까, 희망에 불타던 그런 시기에, 이른바 'YWCA 위장결혼식 사건'이 일어납니다.

그건 뭐냐 하면, 전두환 등 정치군인 일파들이 비상계엄을 선포하고 집회를 못하게 하니까 서울 명동에 있는

YWCA 강당에서 결혼식을 거행한다면서 청첩장 대신 신랑 신부 이름까지 인쇄한 명함을 돌렸습니다. 주례 부탁을 받은 함선생님께서는 물론 식장(?)에 나오셨는데, 알고 보니까 그건 위장이었고 계엄 철폐를 외치는 집회를 하려고 한 것이어서, 그때 많은 시민들이 보안사에 붙들려가서 고문을 당하고, 함선생님도 많은 고초를 겪으셨지요.

함선생님께서도 한 인간으로서 여러 가지 고민이 왜 없었겠어요? 그러나 우리 국민들은, 특히 조금 과격한 사람들은 함선생님한테 너무 많은 것을 기대했습니다. 그래서 유신 말기에 그 혹독하고 야만적인 상황 속에서 함선생님의 비폭력 평화주의라는 것을 젊은 사람들이 제대로 이해하려고 하지 않았어요.

그러나 폭력이 당장에는 무슨 특효라도 있을 것 같기도 하고, 한풀이가 되고, 좀 시원한 면도 있긴 하지만, 그 폭력이 불러들이는 더 엄청난 폭력, 그로 인한 피해가 어떻게 되고, 그것이 과연 역사를 바로잡는 데 정말 도움이 되느냐 하는 것도 냉철히 생각해보아야 합니다. 간디의 말을 빌릴 것도 없이 폭력보다 강해야 비폭력의 저항을 하는 겁니다. 바로 그 비폭력의 원칙을 견지하셨다는 점에서 함선생님은 훌륭하신 분입니다.

깨달은 바를 실천하는 삶

우리가 이 자리에서 선생님의 탄신 100주년을 진정으로 기념한다면, 함선생님의 삶을 되돌아보고, 되짚어보고, 그리고 함선생님의 삶이 우리에게 주는 깨달음과 가르침에 합당한 실천을 하는 것이 우리들의 도리라고 생각합니다.

함선생님께서 이 나라와 겨레를 위해서 그렇게 많은 글과 말씀을 남기시고 고초를 겪으시다가 가셨는데, 지금쯤 지하에서 당신의 탄신 100주년을 기념하는 강연 소식을 들으신다면, "너희들이 내 말한 것 가지고 괜히 말잔치하지 말고, 그중에 한 대목이라도 새기고 실천하도록 하여라" 틀림없이 이런 말씀을 하실 것으로 믿습니다.

함선생님을 다시 한번 추모하면서 삼가 명복을 빕니다.

— 함석헌 선생 탄신 100주년 기념 강연(2001. 5. 12.)

진보적 신학자의 '범용凡庸'을 우러르며

김재준 목사

김재준

金在俊, 1901~1987

김재준 목사는 1901년 함경북도 경흥에서 태어났다. 어려서 유학자인 아버지에게 사서삼경과 동양고전을 배운 뒤 개신교에 입교해 한국인의 주체적인 눈으로 개신교를 받아들이게 됐다. 일본 아오야마학원 신학부와 미국 프린스턴신학교, 웨스턴신학교에서 수학했으며, 웨스턴신학교에서 구약성서학으로 학위를 받았다. 조선시대 실학자들의 유배지이자 진보적인 성향의 캐나다 장로회가 뿌리내린 지역적 특수성, 구학과 신학이 공존했던 시대 상황, 시서에 능하고 청빈을 중시한 선비정신, 예언자적 통찰력과 미래감각을 중시했던 종교적 태도는, 말씀과 함께 현실로 들어가 변혁을 이뤄야 한다는 '기독교적 실학파'로서 김재준의 생활신앙의 근간을 이뤘다.

1933년 평양 숭인상업학교에 교목 겸 교사로 취임해 성서를 가르치던 중 1935년 일제의 신사참배 요구에 서양 선교사들이 본국으로 돌아가며 평양신학교가 문을 닫게 되자 조선인들끼리 가르치고 배우는 조선신학교를 1940년 설립했다. 1945년에는 경동교회를 세워 목회활동도 하였다. 하지만 성서비평학 수용 여부로 대한예수교장로회와 갈등을 빚고 성서의 한 글자 한 글자가 모두 하느님의 영감으로 기록된 것이 틀림없다는 '축자영감설'을 부정한다는 비판을 받게 됐다. 1953년 장로교 목사직을 파면당하자 한국기독교장로회를 설립해 신앙과 양심의 자유, 성서연구 방법론의 수용, 실천적 신앙의 강조, 자립·자주적 신학 형성 등을 내세웠다. 자기 정체성은 잃지 않으면서 현실을 그리스도 생명에의 현실로 변혁해가야 한다는 '생활신앙'을 강조하며, 문화 간, 종교 간, 교단 간 화합과 협력에 앞장섰다.

민주적이고 평화와 인권, 생명을 존중하며 이를 실천해나간 김재준은 군사독재정권에 항거하였고 1972년 국제앰네스티 한국지부 위원장을 지내기도 했다. 캐나다를 중심으로 해외에서 한

국의 민주화운동을 전개하던 그는, 1983년 귀국해 1987년 1월 19일, 함석헌과 함께 쓴 '새해 머리에 국민에게 드리는 글'을 유언처럼 남기고 1987년 1월 27일 소천했다. 진보주의적 기독교를 한국의 토양에 접목시켜 반독재 민주화운동에 이바지한 바가 컸으며, 2002년 국민훈장 무궁화장을 추서받았다.

국제앰네스티 한국지부의 초대 이사장으로

"저는 성직자도 신학자도 아닙니다. 항차 김재준 목사님의 문하생이나 후학의 반열에 낄 수 있는 처지는 더욱이나 아닙니다. 그런 제가 이 자리에 나온 것은 분명히 격에 맞지 않는 일입니다. 그러나 장공長空 김재준 목사님은 어느 한 종교, 한 교단, 한 신학대학의 울타리 안에 모셔놓고, 어떤 연고자들만이 독점할 수 있는 그런 분은 아닙니다. 장공 선생님은 이 땅에서 바른길을 가고자 하는 모든 사람의 스승이요, 목자이셨으며, 그러기에 목사님의 그 사랑, 그 가르침은 세계관이나 신앙 또는 세속의 인연 같은 것을 초월하여 지금도 많은 사람들의 마음속에 진하게 배어 있는 것입니다."

이 말씀은 1992년 1월 27일, 『김재준 전집』 발간 축하 예배에서 제가 읽은 추모사의 첫머리입니다.

김목사님과 저 사이에 공적인 인연은 1972년 봄, 국제앰네스티 한국지부를 창립할 때로 거슬러올라갑니다. 그때 한국앰네스티(사면위원회)의 발기에 참여했던 우리는 김목사님을 초대 이사장으로 모시고 활동을 시작했습니다. 박정희 정권이 시퍼런 유신의 칼날을 무도하게 휘두르고 있던 그 숨막히던 시기에 양심수의 구제, 사형과 고문의 폐지, 정당한 사법절차의 보장, 그리고 수감자의 처우 개선 등을 내세운 앰네스티 운동을 전개해나가는 일은 여간 어렵지가 않았습니다.

그러나 함석헌, 이병린, 지학순, 양윤식 등 한국사회의 지도적 인사들을 명예회장으로 모시고, 정당권 밖의 재야세력이 여기에 호응, 동참함으로써, 한국앰네스티는 국내외적으로 상당한 존재감을 발휘할 수 있었습니다.

그런데, 정권측에서는 앰네스티의 '자국 문제 불개입의 원칙'을 들이대며 국내 앰네스티 활동에 시비를 걸어왔습니다. 런던의 앰네스티 국제사무국에서조차 '각국의 앰네스티는 외국의 양심수만 지원할 수 있고, 자국의 양심수에 대한 지원은 할 수 없다'는 조항을 근거로 한국의 정보기관과 똑

같은 소리를 해왔기 때문에 우리는 그 원칙의 비현실성을 내세워 맞서기도 했습니다(이 점은 1979년 10·26사태 후에 '김대중 내란음모 사건'으로 구속된 내가 조사를 받을 때에도 문제가 되었는데, 남민전 사건과 인혁당 사건 등의 피구속자들에게 영치금과 의류 등을 넣어준 것을 용공 행위로 몰기도 했습니다).

주지하다시피 장공 선생은 한국앰네스티 이사장 재임을 전후하여 '(박정희)삼선개헌반대범국민투쟁위원회' 위원장(1969년), '민주수호국민협의회' 공동의장(1973년) 등을 역임하고, 캐나다로 이주한 뒤에도 한국의 반독재 민주화운동에 대한 지속적인 도움과 격려를 아끼지 않으셨습니다.

크리스천은 역사의 한가운데 서야

장공 선생의 그와 같은 현실 참여는 국내외에서 찬반양론을 불러일으키기도 했습니다. 이에 대하여 선생은 "크리스천은 역사 안에서 사건의 한가운데 서야 하고, 누구나 극중 인물이 되어야 한다"고 강조하셨습니다.

그러기에 김목사님은 그때 한국앰네스티의 구심적 지도자이셨을 뿐 아니라 이 나라의 민주화운동세력의 상징으로,

어른답게 목자답게 우리를 이끌어주셨습니다. 존경할 만한 어른도 드물고, 신뢰할 만한 선배도 찾기 어려운 시대였기에 더욱이나 김목사님에 대한 흠모의 정이 간절했습니다.

1970년대 중반 제가 정보·수사기관과 구치소를 드나들던 끝에 반공법 유죄판결이 대법원에서 확정되는 바람에 변호사 자격마저 박탈당하여 무직자가 되었을 때, 저는 김목사님과 또다른 인연을 맺게 되었습니다.

삼민사에서 『속 장공전집』을 내다

제가 실업자가 된 후 차린 삼민사라는 출판사에서 김목사님의 글을 책으로 출판했던 일입니다. 1970년 한국신학대학에서 발행한 『장공전집』 이후에 쓰신 글을 세 권의 책으로 묶어 『속 장공전집』이라고 제호를 붙여 간행하였습니다. 그때 거의 저 혼자서 교정을 보다시피 했기 때문에 목사님의 글을 두세 번 이상 정독하는 행운을 누리기도 했습니다.

김목사님의 글은 그 내용의 훌륭함이야 제가 새삼 언급할 필요도 없지만, 또 한 가지, 그 문체의 신선함에 저는 반했습니다. 그것은 단순한 기교나 형식의 차원에서가 아니라 그 어른의 담백한 심성과 민주적인 숨결에서 우러난 것이라고 느꼈습니다. 『장공전집』과 『제3일』이라는 개인잡지에 실린 글을 통해서도 많은 독자들이 그처럼 생동감 넘치는 목사님의 글을 대할 수 있었을 것입니다.

'지우'라는 호칭으로 격려를

김목사님은 여러 해에 걸친 해외생활중에도 조국의 어려움을 방념放念하지 않으시고 국내의 민주화운동을 지원하는 가운데, 우리들에게 많은 가르침과 격려를 보내주셨습니다. 불초한 저에게까지도 여러 번 친서를 내려주셨는가 하면, 휘호도 보내주셨습니다. 그때마다 제 이름 밑에다 과분하게도 '지우志友'라는 호칭을 붙여주신 것을 잊을 수가 없습니다.

목사님은 "의에 주리고 목마른 자는 복이 있나니……"로 시작되는 마태복음 5장 6절 말씀을 한문으로 쓴 성경 구절 '慕義如飢渴者有福'을 붓글씨로 즐겨 쓰셨는데, 그 서예작품 또한 목사님의 선비다운 면모를 돋보이게 하는 소중한 유묵遺墨으로 남게 되었습니다.

제가 1981년 봄, 전두환 군부가 조작한 '김대중 내란음모 사건'으로 복역하고 출옥한 뒤에는 '신망심불변身亡心不變'으로 시작되는 글귀의 휘호를 멀리 캐나다에서 다시 보내주셨습니다. 그때 저는 감사와 위로만 경험한 것이 아니었습니다. 이 어른이 바다 건너 멀리 계시면서도 나를 꼼짝 못하게 '원격조종'하시는구나, 하는 생각이 들었습니다. 이 자리에 계신 여러분 중에도 그와 같은 경험을 하신 분이 적지 않으리라고 믿습니다.

김목사님은 비단 글과 설교뿐 아니라 그처럼 따스하고 자상하신 사랑으로 우리를 감화시키고 이끌어주신 역사 속의 '어른'이셨습니다.

기독교인의 정치 참여론

김목사님은 기독교인의 민족적 사명에 관해서 언급하시는 가운데, 종교인의 역사 참여, 그중에서도 정치 참여를 역설하셨습니다.

기독교인, 특히 성직자들이 성聖과 속俗의 이원론二元論에 사로잡혀, "하느님은 세상, 즉 우리가 말하는 속세를 그렇게까지 사랑하셔서 자기 외아들을 희생시키기까지 하셨다고 입버릇처럼 되뇌면서 세상일, 특히 가장 강력한 'demolish power'인 독재정권에 대해서는 추종하거나 묵인하여 말이 없다는 것은 이해하기 어려운 일이다"라고 하셨습니다. 또한 기독교인의 정치 참여라고 해서 "교회가 직접 정치인 클럽같이 되라는 말이 아니라, 교회 안에서나 밖에서나 '예'와 '아니요'를 분명히 하여 예언자적 구실을 다해야 된다"는 말씀도 잊지 않으셨습니다.

이 땅의 기독교인들은 기왕에도 그러했듯이 앞으로도 김목사님의 이런 가르침을 실천신앙의 잠언으로 받들어나가야 할 것입니다.

『범용기』는 못난이의 기록?

김목사님이 쓰신 자서전 『범용기凡庸記』는 이미 많은 분들이 읽으셨을 줄 믿습니다. 그토록 위대한 삶의 기록에다 '못난이의 기록'이라는 뜻으로 '범용기'라는 제호를 붙이신 그 겸허를 우리는 또한 배워야 합니다. 정녕 김목사님이 '못난이'라면 우리는 앞을 다투어 그분과 같은 '못난이'가 되도록 힘써야 합니다. 아니, 잘난 척하는 언동이라도 자제해야 합니다. 그런데도 자칭 '잘난 이'의 홍수 속에서 세상이 뒤틀려 가고 있으니, 모두들 『범용기』를 읽고 올바른 삶의 길을 배워나가야 할 것입니다.

장공 선생님은 『범용기』 서문에서 "내 삶이 범용 그대로일지라도 땅의 미래에 묻어놓고 언젠가 싹트기를 기다려보자는 것이다"라고 쓰셨습니다.

오늘날까지 한국 교회가 이루어놓은 성과와 앞날을 위한 역량은 바로 그 어른께서 보여주고 묻어놓으신 삶에서 돋아난 싹이라고 말해도 과언이 아닐 것입니다.

이제 김목사님께서 기다려보자고 하시던 싹을 트게 하고 열매 맺게 하는 일이야말로 그 어른을 추모하고 그 뜻을 이어받기를 다짐하는 우리 모두의 소임이라고 믿습니다.

이번에 『김재준 전집』 전 18권을 집대성하고, 오늘 이와 같이 더불어 축하하는 의미도 그러한 우리의 소임을 자각하는 데서 찾아야 합니다.

—『김재준 전집』 발간 기념예배 추모사(1992. 1. 27.)

간첩죄로 끌려온 예술가의 부정父情

이응노 화백

이응노
李應魯, 1904~1989

이응노 화백은 1904년 충청남도 홍성에서 태어났다. 어린 시절 서당 훈장이던 아버지 밑에서 예학을 배웠으나, 마음은 온통 그림 그리는 일에 쏠려 있었다. 주변의 반대로 혼자서 몰래 그림을 그리다가, 열일곱 살에 집을 나와 염재 송태희를 사사하고 이후 상경해 해강 김규진의 문하생이 되어 서예, 사군자, 묵화 등을 배웠으며 죽사竹史라는 호를 받았다. 1924년 조선미술전람회에서 사군자 그림 〈청죽〉으로 입선하며 화단에 등장했다.

스승의 집에 기숙하며 2년 남짓 되었을 때 그림에 좀더 매진하겠다며 독립하나 생계를 위해 전주에서 간판점을 차렸다.

우리나라 전통의 동양화와 서예적 기법을 기초로 한 이십대를 거쳐 새로운 그림을 배우고자 일제 강점기 도쿄로 향했다. 가와바타미술학교와 혼고양화연구소, 개인 화실인 마쓰바야시 게이게쓰의 덴코화숙에서 서양화와 일본화를 배웠다. 이후 해방 직전 귀국하기까지 10년 동안 주로 풍경화를 그리며 "자연 물체의 사실주의적 탐구시대"인 삼십대를 보냈다. 해방 이후 사십대에는 "반추상적 표현이라 할 수 있는, 자연 사실에 대한 사의적 표현"을 작품에 담아냈다. 1958년 감정을 담은 추상으로서 '앵포르멜 운동'이 한창이던 프랑스에 건너가 동양적 감수성이 더해진 새로운 추상을 창작해 호응을 얻었고, 프랑스를 거점으로 독일, 스위스, 덴마크 등에서 작품전을 열며 유럽 예술계의 주목을 받았다. 1964년에는 파리동양미술학교를 세워 프랑스인들에게 서예와 동양화를 가르치기도 했다.

1967년 '해외에서 민족문화를 알린 공로자'로 박정희 대통령이 특별히 초청한다는 공관원의 말을 믿고 귀국한 이응노는 공항에 내리자마자 '동베를린 소재 북한대사관을 왕래하며 대남 적화 공작을 펼친 혐의'로 체포돼 2년 6개월 동안 옥고를 치르고 1969년 특별사면으로 석방돼 프랑스로 돌아갔다. 이후 1977년

피아니스트 백건우, 영화배우 윤정희 부부의 '북한 납치 미수 사건'의 배후로 지목돼 곤욕을 치르다가 1983년 프랑스에 귀화했다. 그러나 피비린내나는 조국의 현실, 1980년 5월 광주민주화운동이 그의 말년의 작품세계에 지대한 흔적을 남겼다. 수천 명 군중의 움직임을 캔버스에 담아낸 '군상' 시리즈가 그 결과다.

이응노는 1989년 1월 10일 서울 호암갤러리에서 열리는 회고전을 앞두고 심장마비로 숨졌다. 이응노의 유가족은 2007년 대전에 이응노미술관을 개관했다.

이 나라의 문화적 체통과 자부심

고암顧菴 이응노 화백의 10주기를 기념하는 회고전(1999년) 때에 한 언론인이 이런 글을 썼습니다.

"고국을 찾겠다고 벼르던 고암은 이역만리에 묻히고 (중략) 이제 이 땅에는 그의 흔적만이 남겨져 있을 뿐, 작품을 모아둔 변변한 기념관도 없습니다. 작품만이 고향을 찾고 그나마 그 예술이 이국땅으로 되돌아가는 것은 우리의 비극입니다."

그때의 아쉬움은 그 칼럼 필자만의 심정이 아니었습니다. 그러기에 오늘 이 미술관 개관의 의미는 기쁨과 감격을 더하게 할 만큼 각별한 바가 있습니다.

오늘 이 자리에서 우리가 이처럼 개관을 축하하는 것은 고암 선생의 예술을 위해서만이 아니라 이 나라의 문화적 체통과 예술적 자부심으로 이어지는 나라 사랑의 마음 때문이기도 합니다.

저는 고암 선생의 예술을 논할 만한 식견은 없습니다. 그런데도 1994년 5월, 호암미술관에서 있었던 고암 5주기 회고전 개막에도 참석을 했고, 작년의 10주기 회고전 때에는 개막행사의 테이프를 끊는 줄에 끼어 있었습니다.

그런 저의 사연을 묻는 기자에게 사모님이신 박인경 여사께서 이렇게 대답하신 것이 기사로 나왔습니다. "그분은 1967년 동백림 사건 당시 저희 변호인이셨습니다."

한국 정부 요원의 거짓말에

그렇습니다. 저는 고암 선생 내외분께서 동백림 사건의 피고인으로 구속되셨을 때, 그 두 분의 변호인이었습니다. 말하자면 예술 외적인 인연으로 두 분을 처음 뵈었고, 그후 법정과 구치소에서 여러 번 만나게 되었습니다. 그때 고암 선생은 한국전쟁 때 북으로 간 혈육을 만나보겠다는 일념으로 동백림을 왕래한 것이 문제가 되어 한국 정부 요원에 의해 서울로 납치된 후, 국가보안법 위반으로 구속된 채로 재판을 받고 감방살이를 하게 되었습니다.

이화백은 구치소 호송차로 법정에 실려 다니면서 언론의

변덕에 곤욕을 치르기도 하였습니다. 처음 출정하는 날, 호송차에서 내리면서 태연한 척 미소를 지었는데, 신문에선 "반국가적 행위를 한 자가 뻔뻔스럽게 웃더라"는 식의 야유성 기사가 실렸습니다. 그다음 공판 날에는 거창한 혐의와 법정 분위기에 겁이 났는지, 울면서 호송차에서 내렸습니다. 그러자 이번에는 "이제 비로소 참회의 눈물을 흘리는 이응노" 운운의 기사가 실려나왔습니다. 나는 언론의 저급한 표현을 실감하면서 속이 상했습니다.

한국전쟁 때 실종된 아들

이응노 화백은 한국에서 동양화가로 활동하다가 프랑스로 건너가 유럽을 중심으로 명성을 높여온 화가였습니다. 그런데 한국전쟁 때 행방불명이 된 아들의 생사를 알아보고자 하는 일념으로 (파리에서) 동백림(당시는 독일이 동독과 서독으로, 수도인 베를린[백림]도 동서로 나뉘어 있었습니다)에 있는 북한대사관에 찾아갔던 것인데, 이것이 반국가적이라고 해서 기소가 되었던 것입니다. 이화백에게는 검사가 무기징역을 구형했는데, 판결에서는 징역 5년이 선고되었습니다.

사람들은 구형량에 비해서 매우 관대한 판결이라고 평을 했지만, 정작 변호인인 저는 "칠십이 가까워진 노인에게 무기와 5년이 무슨 큰 차이가 있느냐"고 항소심에서 주장했더니 1심보다 2년이 줄어서 징역 3년으로 감형이 되었습니다(그 뒤 1969년 광복절에 형집행정지 결정으로 조기 석방되어 이듬해 프랑스로 돌아가셨습니다).

역사의식이 배접된 옥중미술

고암 선생은 구치소에서 저와 처음 접견을 할 때 "유럽에 가봐라. 코리아는 몰라도 이응노라면 다 안다. 세계의 이응노를 남한에서 이렇게 할 수가 있느냐"고 분개했습니다. 고암 선생은 조국 분단의 비극 때문에 심신에 큰 상처를 입었고, 뜻하지 않은 고난을 체험하게 되었으며, 이것이 그분의 예술세계에도 적지 않은 영향이랄까 변모를 가져다주었다고 봅니다. 형집행정지로 석방되어 나오신 직후에 공개된 〈밥풀조각〉과 서예작품 등 새로운 옥중미술과 훗날의 〈군상群像〉 연작에는 그분의 고난에 찬 체험과 무관할 수 없는 역사의식이 배접되어 있다고 믿습니다.

고암 선생은 어디까지나 한국의 화가로 살면서 통일을 갈망했고 조국의 민주화를 염원하며 말년의 작품에 그것을 담아냈습니다.

고암의 삶과 예술의 동반자 박인경 여사

이제 이 미술관을 통해서 우리들의 절실한 소원 하나가 이루어졌습니다. 앞으로 이 미술관이 우리 미술계, 예술계 아니 우리 모두의 염원을 이루어나가는 구심적 공간이 되기를 기대합니다. 그리고 머지않아 고암의 예술을 제대로 담아낼 웅대하고 훌륭한 미술관이 건립될 날이 오기를 고대합니다.

이 자리에서 저는 여러분과 함께 박인경 여사의 노고에 경의를 표하고자 합니다. 파리 근교 보스셴에 세워진 고암 미술관에 갔을 때도 그것을 실감했습니다.

고암 선생의 삶과 예술의 동반자로서 박여사께서 보여주신 헌신이 있었기에 고암 선생의 예술이 더욱 빛날 수 있었고, 지금까지 잘 보존되고 전수되어 오늘 이만한 결실을 이룰 수 있었다고 생각합니다.

끝으로, 이 미술관을 건립하고 개관행사를 마련하는 데 수고해주신 여러분께도 두루 치하와 감사의 뜻을 표하면서 이만 저의 말씀을 맺기로 하겠습니다.

— 고암미술관 개관식 축사(2000. 11. 14.)

『슬픈 목가』의 서정에 담긴 저항

신석정 시인

신석정

辛夕汀, 1907~1974

신석정 시인은 1907년 7월 7일 전라북도 부안에서 태어났다. 부안보통학교 졸업 후 1930년 상경해 중앙불교전문강원(동국대학교 전신)에서 1년쯤 불교를 공부하며 회람지 『원선』을 편집하기도 했다. 1931년 김영랑, 박용철, 정지용 등과 『시문학』 동인활동을 하며 「선물」을 비롯한 시 몇 편을 발표하며 작품활동을 시작했다. 그러나 이내 낙향해 초가 한 채를 사서 '청구원'이라고 이름 짓고, '지재고산유수志在高山流水(높은 산과 흐르는 물에 뜻을 둔다)'를 좌우명으로 삼아, 낮에는 밭을 매고 밤에는 책을 읽고 시를 지으며 살았다.

1924년 조선일보에 '소적'이란 필명으로 「기우는 해」를 발표하며 등단한 신석정은 「그 먼 나라를 알으십니까」 「아직 촛불을 켤 때가 아닙니다」 등으로 주목받았다. 장장 반세기 동안 시 창작과 후생 교육에 몰두했다.

『슬픈 목가』 『빙하』 『산의 서곡』 등 여러 권의 시집을 통해 다양한 시를 발표하나 신석정은 현실과 담쌓고 유유자적하는 '목가 시인'으로 인식되었다. 그러나 일제 강점기에 끝까지 창씨개명을 하지 않고 모국어로 시를 써내려가며 저항했고 일본어로 시 쓰기를 청탁받으나 아예 붓을 꺾을 정도로 꼿꼿하게 지조를 지켰다. 자연의 세계를 꿈꾸면서도 늘 시로 시대와 호흡했다.

1960년 4·19혁명을 전후로 「단장소곡」 「4월 혁명에 부치는 노래」 「우리들의 형제를 잊지 말아라」 등을 연이어 발표하며 혁명을 독려하고 기념했다. 5·16군사쿠데타 직후 '교원노조'를 지지하는 「단식의 노래」를 비롯해 「다가온 춘궁」 「전아사」 등을 발표해 중앙정보부에 끌려갔었다. 1967년에는 베트남 파병을 반대하는 「꿈의 일부」를 선보이는 등 부단히 현실에 참여했다. 한시 번역에도 나서 이매창의 시를 소개하는가 하면 시론을 직접 집필해 후학들을 지도 편달하기도 했다. 신석정은

1973년 말 고혈압으로 쓰러져 투병 끝에 1974년 7월 6일 세상을 떠났다.

문학의 길을 기웃거린 나의 대학 시절

나는 대학 시절에 신석정 선생님의 격려를 받고 졸작이나마 시를 쓰는 문학의 길을 기웃거렸으며, 그후에도 각별한 인연을 맺고 문통文通을 하거나 만남을 이어온 터였다.

신석정 선생님(본명은 錫正, 夕汀은 아호)은 내가 다닌 전주고등학교와 전북대학교에서 교편을 잡으셨는데도, 나에게 선생님의 강의를 들을 기회는 없었다. 다만, 중학교 때 전주 시내 책방에서 짙은 청색 표지의 사륙판 크기의 시집 『촛불』과 『슬픈 목가』를 사가지고 와서 암송에 가깝도록 읽고 또 읽던 시절이 생각난다.

이십대에 시인 아닌 젊은이가 거의 없듯이 나도 대학 시절에 습작시 비슷한 것을 써보긴 했으나, 감히 문단 데뷔용으로 무슨 현상 응모 같은 것은 생각도 못하고, 어쩌다가 전북일보와 전북대학교보(대학신문)에 습작시 한 편씩을 신곤 했다. 그중에도 전북대신문에는, 선생의 사위 되시는 최승

범 선배(당시 문리대 국문과 4년, 후에 국문과 교수, 시조 시인)와 나(당시 법정대 정치학과 2년), 단 두 사람이 기자(?) 아닌 1인 다역多役을 맡아 대학신문 제작을 할 때, 원고가 모자라 지면에 여백이 생기면 최선배와 내가 급한 대로 적당히 자기 글을 끼워넣곤 하는 응급조치를 취하는 가운데, 내 자작시도 몇 편 들어갔던 것이다. 그런데 석정 선생께서는 어느 해 연말 전북시단을 회고하는 글에서 나의 졸작시를 치켜올려 주셨다.

"소음난조에 찬 현대 병적 문명과 그 문명을 호흡하는 인간심리를 해부한 수법이 놀랍다. 현재 유행하는 모더니스트와는 근본적으로 그 유類가 다른 독특한 세계를 구축하였고, 저항의 밤이 깊어가는 속에서 강박과 위선이 스며든 해협에 늘어가는 나 아닌 나의 분신을 이 시인은 냉정히 응시하고 있다. 장래가 가장 촉망되는 이채이다."

신문에서 선생님의 이런 '비행기 태우기 식' 평을 읽고 나는 얼떨떨하게 고무되었다. 내가 정말 시인이 될 수도 있는가 하는 중대한 착각(?)에 젖어 제법 괜찮다 싶은 몇 편의 작품을 지방 일간지에 발표하기도 했다.

대학 졸업 후 군복무를 마치고 법조계로 나온 나는 검사의 몸으로 서울살이를 하면서 내가 자란 고장 전주를 찾아갈 때면 가끔 선생님께 전화를 드리거나, 찾아뵙고 좋은 말씀을 듣기도 했다.

한번은 겨울이었는데, 전주에 도착하여 선생께 전화를 드렸더니, 눈이 펄펄 날리는 추운 날씨에 전주우체국 맞은편에 있는 다방으로 나오셨다. 그리고 외투 품에서 널찍하고 호화로운 장정의 신간 시집을 한 권 주시는 것이었다. 『산의 서곡』이었다.

외투 품에서 『산의 서곡』을

까마득한 후학에게까지 그처럼 따뜻한 배려를 해주시는데 대하여 나는 매우 감사했고, 또 감동하지 않을 수가 없었다.

언젠가 선생님께서 서울에 오셨을 때 이런 일도 있었다. 종로 네거리 근처에서 저녁을 먹고 선생님께서 청진동의 숙소로 가시는 길에 나는 가게에 들러 과일을 좀 사가지고 그 (부대 종이) 봉지를 들고 나란히 걸어가는데, 둘 사이에 그만

집에 들어가라거니, 여관까지 모셔다드리겠다느니 하면서 밀고 당기다가 나는 그만 들고 가던 과일 봉지를 땅에 떨어뜨렸다. 종로 화신(일제 강점기 때 백화점 자리) 건너편 대로변에서 떼굴떼굴 굴러가는 과일을 줍느라고 두 신사(?)가 그 많은 행인 속에서 얼마나 애를 먹었는지, 그 진풍경의 추억에서 다시금 선생님의 따뜻한 정이 되살아난다. 그러나 그보다 나의 기억에 남는 사실은 따로 있었다.

4·19혁명 후, '남산'에 끌려가기도

선생님은 4·19혁명 전야에 전북대학신문에 「4월 혁명에 부치는 노래」를 실은 적이 있는데다, 4·19혁명 후 교원노조 결성을 옹호하는 시를 썼다가 '남산'(중앙정보부의 별칭)에 끌려가 곤욕을 당하신 일이 있는가 하면, 그 마魔의 '남산'에서 풀려나오실 때의 심경을 읊은 시도 머리에 떠올랐다. 아니, 일제하인 1940년에 『문장』에 보낸 우리말로 쓴 시가 일제의 검열에 걸려서 말썽이 되자, 아예 그 작품을 발표하지 않고 해방될 때까지 침묵을 지키신 일도 생각이 났다.

선생은 언뜻 『촛불』이나 『슬픈 목가』에서 풍기는 목가적인 서정 시인으로만 알려진 것 같은데, 나는 그에 못지않게 선생님 시의 또다른 면, 즉 저항성을 외면해서는 안 된다고 믿는 사람이다.

앞서 일제 강점기 말기의 작품이나 4·19혁명을 노래한 시에서, 그리고 '남산'의 고행을 겪고 나온 뒤의 작품에서 현실을 외면하지 못하는 참여 시인의 열정을 발견하게 된다. 이 세상의 불의에 굴종하면서 고매한 척하는 문인들이 흔한 고금의 한국문단에서 선생처럼 곧고 인간적인 시인이 계셨다는 것은 우리의 자랑이 아닐 수 없다.

배운 자의 지조를 강조

나의 신문 스크랩에 있는 1973년 8월 어느 날의 한 신문 칼럼을 보면, 선생은 칸트, 갈릴레이, 스피노자, 브루노의 삶과 죽음을 예로 들면서 '배운 자의 지조'를 강조하시기도 했다. 내가 1972년 박정희 정권의 압제가 수위를 높여갈 무렵, 『법과 인간의 항변』이란 책을 내고 선생님께 기증본을 보내드렸더니, 화선지에 선생님의 독특한 달필로 정중한 답례의 간찰簡札을 보내주셔서 매우 기뻤다.

선생께서 이승을 떠나신 지 어느덧 40여 년, 그 어른은 훌륭한 문학작품으로뿐 아니라 사랑에 넘치는 인간으로서, 지조 있는 선비로서 아직도 우리 마음속에 살아 계신다. 여러 후학들이 펼치는 추모행사나 기념사업이란 것도 그 어른의 고결하면서도 의로웠던 문학정신, 격조 높은 선비정신을 이어받고 실천하는 데에서만 그 계승의 참뜻을 담아낼 수 있을 것이다.

필화 사건
법정에서의
변호와 증언까지

소설가 안수길 선생

안수길

安壽吉, 1911~1977

소설가 안수길 선생은 1911년 함경남도 함흥에서 태어났다. 소학교를 마치고 열네 살에 만주로 가서 1926년 간도중앙학교를 졸업했다. 함흥고등보통학교에 입학했으나 2학년 때 맹휴사건을 주동해 자퇴하고 이듬해 경신학교에 편입하나 1929년 광주학생항일운동에 호응해 퇴학당했다. 이듬해 일본으로 건너가 교토의 료요중학을 거쳐 1931년 와세다대학교 고등사범부 영어과에 들어갔지만, 부친의 병환으로 학업을 마치지 못하고 귀국했다. 이후 한동안 간도에서 소학교 선생, 간도일보 기자 등으로 일했다. 1935년 단편소설 「적십자병원장」이 『조선문단』에 실리며 등단한 이래 자신의 만주 체험을 바탕으로 만주에 정착한 조선인들의 척박한 삶을 쉼없이 (한글로) 써냈다.

1948년 월남해 경향신문사 문화부 차장을 지냈고 1949년부터 본격적인 작품활동을 시작해 단편소설 「여수」 「범속」 「밀회」 등을 발표했다. 한국전쟁중 피난지 부산에서 교사로 일하며 1951년 단편 「나루터의 탈주」를, 1952년에 「명암」 「제비」 등을 발표했으며 1954년 서라벌 예술대학 문예창작과 교수로 취임했다. 1959년부터 1963년까지 대표작 『북간도』를 『사상계』에 연재해 3부를 완성했고 1967년 4부와 5부를 완성해 펴냈다.

한국 최초의 5부작 대하소설 『북간도』를 통해 안수길은 간도라는 역사적 공간과 그곳에 정착한 이한복 일가 4대에 걸친 가족사를 알레고리로 삼아, 1870년 구한말부터 1945년 해방에 이르기까지 민족의 수난과 항일투쟁사를 생생하게 그려냈다. "작품세계가 만주에 갇혀 있다"는 평도 있었으나 한국전쟁을 겪은 지식인의 반성적 고뇌를 담은 「제삼인간형」 등을 발표해 이런 비판을 무색하게 만들었다.

이후에도 『현대문학』에 장편 『동맥』을, 경향신문에 「이화에 월백하고」를 연재하는 등 한평생 전업 작가로 활동하다가

1977년 4월 18일 별세했다. 2012년 안수길 전집 간행위원회는 안수길 탄생 100주년을 맞아 전 16권으로 구성된 전집을 발행해 그의 작품세계를 일목요연하게 정리했다.

작품과 인품이 하나이신 분

세상에는 여러 유형의 문인들이 있습니다. 시종 문학에 전념하여 작품으로 평가를 받는 문인, 문학보다는 문학 외적 활동으로 이름이 알려지는 문인, 문단 또는 문학 관련 단체에서 한자리하고자 하는 문인, 문인이라는 간판을 활용하여 세속의 어떤 지위를 기웃거리는 문인 등…… 그리고 문학의 품격과 인간의 품격이 서로 일치하는 사람과 그렇지 못한 사람, 실제의 역량보다 부풀려진 문인과 그 정반대인 문인, 그리고 역량만큼 제대로 인정을 받고 살아가는 문인 등……

이런저런 분류 기준을 놓고 볼 때, 소설가 안수길 선생은 어느 유형에 들까? 굳이 여기서 말하지 않아도 많은 사람들이 정답을 아실 것입니다. 사실 안수길 선생님에 대해서는 문단을 비롯한 문화계의 여러 분들이 잘 알고 있다고 믿기 때문에 저는 그분들의 '안수길 체험'과는 다른 이야기를 해 보고자 합니다.

누구나 젊어서는 문학청년이 되거나, 되고 싶어합니다. 저도 그런 시절이 있었는데, 그때 『현대문학』이나 『자유문학』 같은 문학지에서 안수길 선생의 소설을 읽었습니다. 그 중에서도 「제삼인간형」이란 작품이 참 마음에 들었습니다. 대표작이라 할 『북간도』는 출판 직후 서명본을 주셔서 감사한 마음으로 완독을 하였습니다.

저는 5년간의 검사생활을 접고 1965년에 변호사로 전신했습니다. 마음 같아서는 좀 자유롭고 안정된 생활을 하고자 했는데, 여의치가 않았습니다. 1960년대 후반에 이 나라를 휩쓴 정치적 광풍이 저를 가만히 놔두지를 않았기 때문입니다.

남정현의 「분지」 사건 특별변호인으로서

1961년 5·16군사쿠데타로 집권한 박정희 독재정권의 압제는 문단에도 미쳐서, 1965년에 소설가 남정현 선생이 반공법 위반으로 구속되는 사태가 벌어졌습니다. 그의 단편소설 「분지」가 반미 용공소설이라는 트집이었습니다. 얼마 후 작가의 구속은 풀렸으나, 근 1년을 두고 여러 형태로 수사기관의 시달림을 받아야 했습니다. 그리고 끝내 기소가 되었습니다. 문인단체를 비롯한 각계에서 항의와 진정이 쏟아지는 가운데 재판이 열렸습니다.

변호인으로는 법학계의 이항녕 변호사, 작가와 동향인 김두현 변호사, 그리고 제가 나섰습니다. 거기에다 특별변호인으로 안수길 선생이 등장합니다. 변호사 자격이 없는 사람이라도 법원의 허가를 받아 법정 안팎에서 변호활동을 할 수가 있는데, 이런 사람을 특별변호인이라고 합니다. 하지만 그런 제도가 별로 활용되지는 않고 있었는데, 그 무렵 저는 문득 안수길 선생을 특별변호인으로 모셔야겠다는 생각이 떠올랐습니다. 그래서 남선생과 상의하고 안선생님 본인의 허락을 받아 법원에 특별변호인 허가 신청을 냈습니다. 문학작품을 반공법으로 문제삼는 필화 사건에서는 특별변호인의 역할이 필요하다는 점에 공감하였는지, 법원도 이를 허가해주었던 것입니다.

안선생님은 작가 남정현씨를 『자유문학』을 통해 추천하여 문단에 내보낸 문학의 대부 격인 분이기도 하여, 어느 모로 보나 적임이었으며, 법원 안팎의 반응도 좋았습니다.

안선생님은 최종 결심공판에서 문학마저 탄압하는 권력

에 대하여 계몽적이면서도 단호한 변론을 하셨습니다. 안선생님은 "북한의 잡지에 전재되고 기관지에서 논평했다는 사실만으로 작가가 용공으로 처벌되어서는 안 된다"고 하면서, 미국의 존 스타인벡의 소설 『분노의 포도』는 제2차세계대전 때 나치 독일에 의해 반미 선전에 크게 이용되었으나, 그 작가는 미국의 법정에 선 일이 없다고 했습니다. 그리고 문학의 저항성이 오해되어서는 안 되며 만약 이 작가가 법에 의해 처벌을 받는다면, 이는 일제 강점기에도 없었던 반역사적인 일이며, 창작 의욕을 위축시키는 결과를 가져올 것이라고 경고했습니다.

안선생님은 이런 명변론으로 법정의 단상 단하를 숙연케 하였습니다. 그러나 재판부는 작가인 남선생에 대해서 무죄 아닌 선고유예 판결을 하였고, 항소심에서 그대로 확정되었습니다.

나는 안암동에 있는 선생님 댁에도 가끔 놀러가곤 했습니다. 선생님은 댁에서는 주로 한복을 입고 계셨으며, 넓지 않은 한옥의 서재에는 테이블 아닌 앉은뱅이책상을 놓고 집필을 하셨습니다. 그 무렵엔 장남 안병섭(영화평론가), 사위

김국태(작가), 안선생님의 추천으로 문단에 나온 최인훈, 남정현, 박용숙(이상 모두 소설가) 등 문우들과도 친분을 나누면서 지냈습니다. 소탈하고 다정하신 사모님의 모습도 잊히지 않습니다.

'라운드 클럽'의 추억

'라운드 클럽'이라는 문인들의 모임에서도 안선생님을 모시고 여러 문인들이 격의 없는 친교의 시간을 함께 보내곤 했습니다. 화양리에 있는 시인 모윤숙 선생 댁에서 매달 모이는 이 모임은 피차 연배의 노소를 떠나서 조금은 파격적으로 자유분방한 담론도 하고 놀이도 즐기는 모임이었습니다. 멤버는 문단의 원로급에서 중견에 걸친 세대들이었고, 물론 여류 문인들도 여러 분 있었습니다. 이헌구(문학평론가), 박진(연극인), 모윤숙(시인), 김광섭(시인), 안수길(소설가), 김남조(시인), 전숙희(수필가), 홍윤숙(시인), 김붕구(불문학자), 박연희(소설가), 이호철(소설가), 남정현(소설가), 정연희(소설가), 여기에 저 한승헌도 한 축 끼어 아마도 스무 명쯤 되지 않았나 싶습니다.

평소에 근엄한 편인 안선생님도 이 모임에서만은 천진난만하고 아주 재미있는 화두를 선도하여 주연급으로 좌중을 이끌곤 했습니다. 문학 이야기, 세상 이야기, 그리고 친교 방담 등으로 매우 다채로운 만남이었는데, 뜻밖에도 판에 금이 가기 시작했습니다. 박정희 정권의 유신독재가 고약해지면서 이 모임에도 은연중 서먹한 분위기가 감돌더니 결국은 각자 입장들이 달라지고 갈래가 생겼습니다. 그러자 모임도 흐지부지되었습니다.

나의 「어떤 조사」 필화 사건 재판에도 증인으로

1975년 봄에 제가 반공법 필화 사건으로 구속되어 재판을 받을 때에도 선생님은 증인으로 법정에 나오셔서 공안검사와 맞서는 고역을 마다하지 않으셨습니다. 당시 저는 김대중 전 대통령 후보와 이병린 민주회복국민회의 대표위원(전 대한변협회장)의 변호인으로 활동하는 가운데, 민청학련 사건으로 복역중 석방된 김지하 시인의 재구속 사건의 선임계를 직접 서울지검에 제출했습니다.

그날로 중앙정보부는 두 번에 걸쳐 저에게 김지하 시인의 변호인 사퇴를 강력히 요구했고, 제가 이를 거부하자 반공법 위반으로 구속 기소를 하였습니다. 그때부터 2년 반 전에 어느 잡지에 실었던 사형제도를 비판한 저의 글을 문제삼았던 것입니다. 제가 사형제도를 반대하는 것은 북괴 간첩의 사형도 반대하는 것이니까 용공이라는 기막힌 논리였습니다.

이 사건 법정에는 검찰측과 변호인측의 신청으로 여러 사람이 증인으로 나왔습니다. 검찰에서는 전향 간첩, 국가보안법 복역자, 월남한 지식인 등을 내세웠습니다. 이에 맞서 변호인단에서는 안수길 선생님을 비롯하여 강원용(목사), 이우정(교수), 유주현(소설가), 홍윤숙(시인), 이어령(문학평론가), 박연구(수필가) 등 인사가 살벌한 법정 분위기 속에서도 용감한 증언을 해주었습니다.

나는 그분들이 사양하거나 주저함이 없이 증언대에 나와 주신 것만으로도 감사하고 감격스러웠습니다. 특히 안선생님께서는 저의 글이 인간 생명의 존엄을 강조한 내용으로서 문학작품에서 많이 다루는 주제이며, 결코 용공 차원에서 논할 문제가 아니라고 증언하셨습니다. 저는 증인으로 나오신 분들께 너무도 힘겨운 고역을 안겨드린 것 같아서 송구스러웠습니다.

후학들에 대한 각별한 사랑

안선생님은 여러모로 저를 사랑해주셨습니다. 제가 1972년에 주책없이 『노숙』이라는 시집을 내고 출판기념회까지 열었을 때, 안선생님은 서정주(시인), 백철(문학평론가) 선생님과 함께 오셔서 과분한 축사를 해주셨습니다. 그 무렵에 출판되어 절찬을 받고 있던 선생님의 소설 『북간도』에 서명을 하신 기증본을 주시기도 했는데, 저는 선생님께서 그 소설의 하권을 쓰고 계시던 성북동 약사암에 다른 문우들과 어울려 가서 즐거운 시간을 보내기도 했습니다.

선생님은 학같이 단아하고 고고하신 선비형의 작가였습니다. 그리고 엄격하면서도 자애로우셨습니다. 그 어른의 문학에 관한 평가는 감히 제가 말할 수 있는 영역이 아니어서 접어두기로 하거니와, 안선생님처럼 인품과 작품이 깨끗한 작가를 가까이 모실 수 있었고, 아직도 기억 속에 간직할 수 있다는 것은 저로서는 큰 축복이 아닐 수 없습니다.

삼가 안선생님의 명복을 빕니다.

재야 법조의 대부,
불굴의 민주화투쟁,
대한변협회장

이병린 변호사

이병린
李丙璘, 1911~1986

이병린 변호사는 1911년 경기도 양평에서 태어났다. 경성제1고등보통학교를 졸업하고 집안에 돈벌이할 사람이 자신뿐이라는 사실을 깨닫고 경성사범학교에 진학했다. 학업을 마치고는 서울 매동보통학교, 경성상업실수학교 등지에서 아이들을 가르쳤다. 그러다 1940년 8월 조선변호사시험에 합격해 이듬해 함경북도 청진에 변호사 사무실을 냈다. 의뢰인이 감사하다며 보낸 송이버섯 한 상자까지도 내칠 정도로 강직한 원칙주의자라서 다른 변호사들의 신망을 얻었다.

1957년부터 1969년까지 서울변호사회 부회장을 네 차례, 대한

변호사협회 총무직을 세 차례, 서울변호사회와 대한변호사협회 회장을 두 차례 역임했다. 그러면서도 1960년에는 경찰행정개혁심의회 위원장으로서 경찰 조직 근대화를 위해 애쓰고 3·15부정선거 후 일어난 마산 사건의 진상조사위원으로 일하기도 했다.

1964년 굴욕적인 한일회담을 반대하는 대학생들의 시위를 진압하기 위해 박정희 정권이 6월 3일 밤 비상계엄령을 선포하자, 6월 22일 대한변호사협회는 불법적인 비상계엄 해제와 6·3사태 관련 구속자 석방 등을 요구하는 '인권에 관한 건의서'를 제작해 언론에 배포했다. 당국은 그날로 변호사협회 회장이던 이병린을 계엄포고령 위반 혐의로 영장 없이 구속했다. 결국 이병린은 7월 28일 계엄 해제와 함께 풀려나지만, 석방되는 순간에도 "죄가 있다고 구속되었으니 재판을 받아보고 나가겠다"며 고집했다.

이후 삼선개헌 반대, 개헌안 국회 변칙 통과 반대, 김지하 필화 사건 변호 등 반독재투쟁에 앞장섰다. 1974년 12월 민주회복국민회 대표에 취임하며 민주화운동의 최전선에 섰다. 그의 동태를 주시하던 당국은 먼저 자리에서 물러나도록 구슬려보았으나, 회유가 통하지 않자 간통 사건으로 명성에 흠집을 내는 우회로를 택했다. 이 일로 구속된 이병린은 고소 취하로 석방은 됐으나 서울을 떠났고 안동, 김천 등지를 돌며 지방민의 인권 옹호를 위해 활동했다.

이병린은 1986년 8월 21일 서울 자택에서 숙환으로 별세했다. 2003년 대한변호사협회는 '의로운 변호사'로 이병린을 선정했고, 서울 서초동 변호사회관 로비에 흉상을 세워 그를 기렸다.

탄압의 표적일 수밖에 없던 나

내가 박정희 독재정권의 탄압으로 빚어진 여러 시국 사건의 변호에 골몰하자 '몸조심'을 권하는 말들이 귀에 들려왔다. 진심으로 나의 신상을 걱정해주는 사람, 걱정해주는 척하면서 견제 내지 협박의 효과를 노리는 사람, 이렇게 두 부류가 있었다. 미운 자를 변호하는 자도 밉다는 감정논리라면 나는 미움의 대상이자 탄압의 표적일 수밖에 없었다.

실제로 나는 정보·수사기관의 감시 대상이 되어 도청, 미행, 문의, 방문의 '객체' 또는 표적이 되어 있었다. 그들은 초기에는 몰래 그 짓을 하다가 나중에는 아예 내놓고 했다. 사무실로 찾아오거나 밖에서 좀 보자고 하는가 하면, 내 차가 움직이면 따라붙기도 했다. '남산'에 연행된 적도 한두 번이 아니었다.

그런 중에도 나에게는 피하거나 비켜설 수 없는 일들이

계속 다가왔다. 이번에는 이병린 변호사 구속 사건이 터졌다. 이변호사님은 일찍이 대한변호사협회 회장을 두 번이나 역임하신 존경받는 법조계 원로이자 재야 반독재운동에도 앞장서오신 지도자였다. 박정희 군사정권이 1964년 6월 3일 밤, 서울 일원에 난데없는 비상계엄을 선포했을 때, 이변호사님은 비상계엄의 요건에 해당되는 사유가 없기 때문에 계엄은 무효이므로 이를 해제하고, 구속자들을 석방해야 옳다는 건의서를 변협 회장 명의로 발표했다가 계엄법 위반으로 구속되었다. 그후 계엄이 해제되어 석방을 하려고 유치장에서 나오시라고 하자 죄가 있다고 잡아넣었으니 재판을 해보기 전에는 나가지 않겠다고 버텨서 경찰을 곤혹스럽게 한 일화는 유명하다.

'국민회의' 대표 사퇴 거부하자 간통죄로

1975년 1월 17일, 나는 이병린 회장님이 구속 수감되었다는 뉴스를 듣고 곧장 서울구치소로 가서 접견을 했다. 이변호사님 말씀은 이러했다. 구속 전날, 중앙정보부 6국의 한 과장이 찾아와 민주회복국민회의 대표위원을 사퇴하라며,

만일 불응하면 내일 간통죄로 구속될 것이라고 협박을 하더라는 것이었다. 이변호사님은 물론 그런 요구를 단호히 거절했다. 그랬더니 그 기관원 말대로 다음날 검찰에 연행된 후 간통죄로 구속이 되었다는 것. 나중에 알아보니, 간통죄 구속영장을 웬일인지 시국 사건 비밀영장 담당 판사가 발부했다는 것이었다.

나는 이변호사님과의 접견을 마치고 법원으로 가서, '이변호사님의 구속과 관련해서 뭐 좀 정보가 없을까' 하고 잠시 기자실에 들렀다. 그런데 기자들이 오히려 나에게 질문을 하기에 이변호사님과 접견하면서 들은 이야기를 전했다. 그런데 그날 석간신문에 내 말이 기사화되어 나가자 곧장 풍파가 일어났다. 어떤 신문에서 '한승헌 변호인 전언'이라는 부제까지 달아놓은 탓인지 금방 '남산'의 기관원이 사무실로 들이닥쳤다. 상부에서 난리가 났다면서 몇 가지 따지는 식으로 묻기에 나도 냉랭하게 대답을 했다. 그것으로 끝난 줄 알았는데, 그다음날인 21일 저녁 퇴근길에 나는 우리 집 대문 앞에서 '기관원'에게 연행되었다.

나도 '남산'으로 연행되어

집에 들어가 알려주고 가야겠기에, 조금만 기다려달라고 했으나 막무가내였다. 내가 실려간 곳은 '마의 남산'이었다.

음침한 지하실에는 조사관이 나를 기다렸다는 듯이 앉아 있었다. 도대체 뭣을 조사할 것인지 감이 잡히지 않아 궁금해진 나에게, 주머니 안에 있는 물건을 다 내놓아보란다. 그중에서 종이 한 장을 집어들고 유심히 읽어보던 그 요원이 묻는다. "이 명단이 뭡니까?" 거기에는 이 나라의 지도자급 명사를 비롯하여 각계 인사 오십여 명의 이름이 적혀 있었다. 그러니 혹시 이것이 또 무슨 조직의 명단인가 하고 신경을 곤두세우는 눈치였다. 허나, 그 이름들은 한 달 전인 1974년 12월에 나온 『위장시대의 증언』이라는 내 저서를 기증하기 위해 준비한 명단이었다. 그러자 그는 "그 책이 이거냐"며 서랍에서 바로 그 『위장시대의 증언』을 꺼내 보인다.

「어떤 조사」를 반공법 위반으로

그러고는 그 책 속의 「어떤 조사弔辭」라는 글을 가리키

면서, 간첩의 죽음을 애도하는 글이 아니냐고 묻는다. 결국 나는 반공법 위반으로 입건되어 피의자 신문을 받고 일단 풀려나왔다. 그런데 그로부터 2개월 후인 1975년 3월 21일, 재구속된 김지하의 변호인을 사퇴하라는 요구를 두 번에 걸쳐 거듭 거부했더니, 이번에는 내가 반공법으로 구속되어 1심에서 대법원에까지 내리 유죄판결로 일관하는 바람에 나는 변호사 자격을 박탈당하고 하루아침에 실업자가 되고 만다.

그런 와중에 정작 이병린 변호사님은 어떻게 되었는가?

유신정권은 1974년 12월 25일, 재야의 중진들이 '민주회복국민회의'를 결성하고 범국민적인 민주회복 국민운동을 전개하겠다고 공표하자, 이에 놀란 나머지 그 대표위원인 이변호사님을 사퇴시키고자 간통죄 협박을 하다가 여의치 않자 결국은 구속까지 하게 된 것이었다.

간통죄 구속을 비밀영장으로

이변호사님이 일식집에 나오는 어느 여인(마담)과 간통했다는 혐의로 구속영장이 떨어진 것은 그 여인의 남편이라는 사람 명의의 간통죄 고소장이 접수된 바로 다음날이었다. 간통 같은 일반 형사범의 구속영장을 공안 사건의 비밀영장을 다루는 수석부장판사가 발부한 것도 이상한 일이었다.

정보기관의 그런 사퇴 요구에 대해서 이변호사님은 기관원에게 호통을 치면서 단호히 거부했다. 그러자 그날의 협박대로 다음날 검찰에 전격 연행되어 구속이 되고 만 것이었다. 세인의 관심과 화제의 초점은 간통 운운도 조작이 아닌가 하는 의문으로 모였다. 그러나 이변호사님은 사실을 사실대로 말했는데, 요지는 홀몸으로 사는 여인이 어린 딸아이 교육을 시키기 위해 일식집에 나온다는 딱한 사정을 알고 학비에 보태 쓰라고 경제적으로 좀 도와준 일이 있고, 그런 과정에서 정분이 깊어졌노라고 하면서, 그 여인의 처지를 걱정하였다.

이성 문제 악용하는 독재정권의 비겁함

이에 이돈명 변호사가 그 여인의 아버지를 만나서 일의 자초지종을 말하고, 그의 사위로 하여금 고소를 취하하도록 함으로써 사건은 마무리되고, 이변호사님은 석방되었다. 반정부인사에 대해서는 이성 문제까지 약점으로 잡아 악용하는 독재정권의 비겁함이 드러난 실례였다.

그후 어느 날, 나는 이변호사님과 저녁을 함께하고, 댁에까지 차로 모셔다드린 적이 있는데, 굳이 술 한잔하고 가라며 소매를 잡으셨다. 그러면서 사모님을 향하여 "내가 간통죄로 구속되었다가 나온 뒤로는 저 친구가 술 한잔도 안 준다구. 오늘은 한변호사 덕분에 마누라 술 한잔 얻어

먹세"라 하셨다.

서울 떠나 지방의 소도시를 쓸쓸하게

그후 변호사님은 서울을 떠나서 경북의 상주, 안동, 김천 등 지방 소도시를 옮겨다니면서 변호사 간판만 걸어놓고 어렵고 쓸쓸한 말년을 보내시다가 1986년 8월, 76세를 일기로 별세하셨다. 이에 이변호사님을 존경하는 정법회 회원인 변호사들이 운구를 하여 용인공원묘지에 안장하였다.

그후 몇 해가 지난 뒤, 서울 서초동의 서울지방변호사회 변호사 회관 입구에 이변호사님의 흉상이 안치되어, 쓸쓸한 모습으로 법조의 후학들을 눈여겨보고 있다.

역사의
한복판을 지킨
겨레의 대모

시민운동가 조아라 선생

조아라
曺亞羅, 1912~2003

조아라 선생은 1912년 전라남도 나주에서 태어났다. 기독교 장로였던 아버지가 미국 남장로교 선교부에 취직해 광주로 옮겨 온 뒤로 줄곧 광주에서 살았다. 독실한 기독교 집안의 자녀답게 미션스쿨이자 광주 YWCA의 활동 거점이던 수피아여학교에 입학했다. 그곳에서 평생의 스승이자 여성운동 동지인 김필례를 만나 광주 YWCA와 인연을 맺고 평생 여성운동과 사회운동에 투신했다.

일제 강점기에는 숱한 고초를 겪었다. 수피아여학교를 졸업한 뒤 이일학교에서 교사로 일하는 동안 광주학생 항일운동에 참여한 '백인청년단 사건'의 주동자로 지목돼 1년간 옥살이를 하고 학교에서 해직되었다. 1937년 수피아여학교가 신사참배와 창씨개명을 거부해 자진 폐교했을 때는, 동창회장이라는 이유로 1개월간 수감되었다. 석방된 뒤 남편을 따라 평양여자신학원에 다녔지만 그것도 잠시, 다니던 교회가 신사참배를 결정하자 공부를 그만두고 광주로 되돌아왔다.

광주 YWCA는 일제의 탄압으로 문을 닫았다가 해방 후 재건했다. 조아라는 1945년 상무이사로 선임됐고 1947년부터 1983년까지 총무, 회장, 명예회장 등으로 일했다. 한국전쟁중에는 과부와 고아를 위해 '성빈여사'를 열었고 불우 소녀가장을 위해 3년제 야간학교 '호남여숙'을 운영했다. 청소년 야학 별빛학원과 성매매 여성들을 위한 직업훈련학교 '계명여사'도 세웠다.

박정희 정권에 맞서 민주화운동을 전개해 1974년 민청학련 사건으로 구속된 민주인사들의 석방을 위해 매주 목요기도회를 열었고 '민중논단'을 통해 시민의식운동을 펼쳤다. 1980년 5월 광주민주화운동을 거치며 '광주의 어머니' '민주화운동의 대모'로 불렸다. 당시 조아라는 칠순이 가까운 나이임에도 수습대책위원으로 활동하다가 계엄군에게 끌려가 6개월간 수감되었으나 출감

후에도 부상자와 피해자 가족들을 돌봤다.

1980년대 가족법개정운동에 앞장섰고 1992년 열린 남북여성 토론회에 참석하는 등 민주, 평화, 인권, 여성을 위해 평생 힘쓴 조아라는 2003년 7월 8일 세상을 떠났다. 장례는 광주시민장으로 치러졌으며 시신은 국립 5·18민주묘지에 안장되었다. 광주 YWCA는 2005년 조아라 기념실을 열었고 2015년 그가 기거했던 곳을 리모델링해 소심당 조아라 기념관을 세웠다.

그 얼굴을 뵙는 것이 곧 광주를 보는 것

빛의 고을 광주는 조아라 장로님이 거기 계심으로 해서 더욱 빛난다. 광주의 어느 단체, 어느 모임에도 그분의 이름, 그분의 얼굴이 빠질 수가 없다.

강연이나 그 밖의 일로 광주에 가면 주최자가 누구든 간에 조장로님은 항상 모임에서 뵐 수가 있다. 그 얼굴을 뵙는 것이 곧 광주를 보는 것이요, 그분을 만나지 않으면 무언가 빈 데가 남는다.

장로님은 서울에서 열리는 모임에도 연세나 거리를 무릅쓰고 '반드시'라고 할 만큼 열심히 참석하신다. 한겨레신문 창간위원회(1988년, 신문이 창간된 후에도 정관에 의하여 존속됨)에도 거의 빠지지 않고 참석하신다. 그 먼 데서 오시느라 피곤하실 터인데도 전혀 내색을 않으신다.

조장로님의 희수를 축하하는 기념문집에 서툰 글이라도 한 편 써 보내는 것으로 다소라도 속죄를 하고 싶은데, 마감

날짜가 훨씬 지나서 면목없게 되었다고 걱정을 하면서 그날도 나는 법정에 나가 있어야 했다. 북녘에 다녀오신 문익환 목사님의 공판이 열리는 날이었기 때문이다.

“피고인의 그런 말은 북괴의 주장을 찬양, 동조하는 것이 아닌가요?” 검사가 물었다. “남북이 서로 찬양하고 많이 동조해야죠. 그래야만 통일의 가능성이 커지지 않겠어요? 그렇지 않고 서로 비난하고 반대만 하면 어떻게 통일이 됩니까?”

문목사님의 답변이었다.

“이후락이나 박철언씨가 만나면 조선민주주의인민공화국 주석이고 내가 만나면 반국가단체의 수괴라니, 말이 됩니까?”

문목사님은 이렇게 역공도 하셨다.

바로 이 문목사님의 방북이 미친 반사적 결과 가운데는 조아라 장로님과 연관된 것도 있었다. 지난(1989년) 3월 25일 조장로님의 희수 축하 모임의 기도를 문목사님께 부탁드렸던 모양이다. 그런데 문목사님으로부터 당신께서 일본에 갈 일이 생겨서 할 수가 없다는 전갈이 왔다는 것이다. 그것이 방북의 행차였음은 물론 나중에야 알게 되었다. 문목사님의 방북을 놓고 엇갈리는 낭설이 난무했지만 조장로님은 한 잡지사 기자와의 인터뷰에서 분명하게 말씀하셨다.

"오기만 하면 잡아넣겠다는 것이 장땡인가요. 그분이 통일을 위해서 한걸음이라도 더 앞서서 돌아오는 것에 관심을 가져야지. 정부 여당은 그렇다 치고 야당이나 언론까지도 실정법을 어겼으니 잘못했다고 야단법석만 쳐대니 원 어처구니가 없어서……"(1990년 4월 『신동아』와의 인터뷰에서)

방화범은 안 잡고 불 끄러 간 사람만

조장로님의 그런 말씀은 나 같은 변호사의 법정 변론보다 훨씬 명쾌하고 호소력이 강하다. 그분 자신이 광주민주항쟁 때의 군사법정에서 하신 최후진술은 너무도 날카롭고 감동적이다.

"이 모든 사건은 저지른 사람, 만든 사람이 있다고 믿는다. 또한 하느님이나 역사가 기억을 하고 있으니까 언젠가 전부 드러날 것이다. 사실 우리는 아무런 죄가 없고 누군가 불을 질러놨기에 그 불 끄러 들어간 사람이다. 그런데 이 나라의 법은 어떻게 된 법이길래 방화범은 안 잡고 불 끄러 간 선의의 사람을 데려다가 이렇게 우리를 죄인 취급하는지 그것이 의아스럽다."

정말 이 나라 민주화의 대모답게 하신 말씀이다. 흔히 사석에서는 비분강개에 젖어 고담준론을 늘어놓으면서도 막상 권력자 앞에서는 주눅이 드는 많은 남성들에게 조장로님은 진한 부끄러움을 심어주셨다.

당신의 일신을 돌보지 않고 그처럼 고되고 험한 여러 가지 일에 헌신하시건만, 장로님은 언제나 웃는 상이시다. 흔히 무슨 운동가나 지도자를 자처하는 사람 중에는 똑똑하고 용기는 있지만 한 인간으로서의 도덕성과 따스함이 결핍된 사람도 많다. 여성의 경우도 거의 비슷하다. 말하자면 전인적全人的 매력을 갖춘 사람이 드물다. 그런 점에서도 조장로님은 남다른 데가 있는 분이시다. 엄격하기만 하고 온화할 줄은 모르는 권위주의형 인간, 날카롭기만 하고 원만하지는 못한 아집형 인간이 얼마나 많은가?

고난과 영광의 삶의 원동력은?

조장로님의 숭고한 삶과 업적에 관해서는 여러 편의 글이 있으니 나는 그런 각론적 이야기를 쓰기보다는 그분으로 하여금 무엇이 그러한 고난과 영광의 삶을 살 수 있게 했는지 그 원동력을 생각해본다.

여기서는 무엇보다도 먼저 그의 실천적 기독교 신앙의 힘을 말해야 할 것이다. 그러자면 그분이 젊은 시절에 겪었던 체험을 소개하는 것이 적절할 것 같다.

장로님께서 신혼의 몸으로 평양여자신학원에 들어가 공부하던 시절, 평양에서 열린 조선예수교장로회 총회에서는 신사참배와 전투기 헌납을 결의하였다. 이에 조장로님의 부군께서는 평양신학교에서 하던 공부를 그만두고 광주로 돌아온다. 이들 부부는 평양을 떠나던 그날 밤 왜경들의 포위 속에 열린 주기철(1897~1944, 일제하에서 신사참배를 거부하고 순교했다) 목사님의 송별 예배에 참석한다. 물론 그 예배가 끝나자 주목사님은 일본 경찰에 끌려가셨다.

그의 실천적 기독교 신앙

아마도 조장로님은 그러한 체험을 통해서 기독교인의 참길이 무엇인지를 절감하였을 것이다. 불의한 침략자로부터 나라의 독립과 겨레의 자유를 되찾는 일이야말로 복 받고 천당 가게 해달라는 기복신앙보다 훨씬 중요한 기독교인의 책무라고 다짐하였을 것이다.

수피아여학교 시절의 어린 여학생 때부터 일흔의 고개에 다다를 때까지 수도 없이 끌려가고 갇히고 한 것은 모두 그의 실천적인 기독교 신앙 때문이었다.

1930년대라면 요즘과는 달리 여자의 사회활동이 용납되기 어렵거나 손가락질받는 시대였다. 항일운동에 나서는 일은 더욱 말할 여지가 없다. 수피아여학교가 신사참배 거부로 1937년에 폐교되고 검거선풍이 뒤따랐을 때, 조장로님은 한 살 난 떡애기를 데리고 한 달가량이나 수감생활을 치른 적도 있다.

YWCA운동과 민주화투쟁

YWCA운동과 민주화투쟁에 그만큼 초인적으로 헌신해

온 데는 앞서 본 바와 같이 젊은 시절의 수난에서 다져진 신앙심과 결단력이 큰 몫을 했을 것으로 보인다.

박해당하고 소외당하는 사람들을 위하여 그분만큼 지속적인 손길을 펴온 사람은 흔하지가 않다. 고난의 한복판에서 비켜서지 않으면서 조금도 각박함이 없으며, 언제나 자애롭고 넉넉한 성품이시다.

젊어 한때 민족, 민주 찾으며 설치던 사람 중에는 어느새 좌절하거나 변신하거나 망령든 짓을 하는 사람이 얼마나 많은가. 그래서 만년을 보지 않고는 그 사람을 말하기 어려운 세상이 되었다. 조장로님은 이 모든 세속의 풍화 속에서 위대한 예외자로 우뚝 서시어 나이를 밀어제치고 영원한 '현역'으로 언제나 우리 곁에 계신다.

현역이기에 그는 항시 역사의 현장을 떠나지 않았다. 1980년 5월, 볼일이 있어 서울에 와 계시던 조장로님은 광주의 상황(계엄군에 대한 시민항쟁)이 극도로 악화되어간다는 말을 듣고 아무런 주저 없이 강남고속터미널로 달려갔다. 서울의 여러 분들이 극구 만류하는데도 그는 광주 YWCA의 이애신 총무, 김경천 간사 등 일행과 함께 결연하게 광주로 돌아가셨다.

'광주민주화운동'으로 일컬어지는 의거와 학살의 현장에서 조장로님은 수습대책위원으로 활동하다가 6개월 동안 감방살이를 하는 등 이제는 세상이 다 아는 대로 진정 민중의 위대한 어머니요, 할머니다운 일을 해내셨다.

2003년 7월 12일 장로님께서 소천하셨을 때, 전국에서 모여든 조문 인파는 한 시대의 거인을 잃은 슬픔과 허탈을 안고 수피아여학교 앞의 노제路祭에서 움직일 줄 몰랐다.

한국 최초의
여성 변호사,
양성평등운동의
선구자

이태영 변호사

이태영

李兌榮, 1914~1998

이태영 변호사는 1914년 평안북도 운산에서 태어났다. 첫돌을 겨우 넘겼을 즈음 아버지가 사고로 돌아가셔서 어려운 환경에서 자랐으나 "아들이고 딸이고 공부 잘하는 아이만 끝까지 뒷바라지하겠다"던 어머니의 지원 덕에 당시 여성으로서는 드물게 고등교육을 받았다. 1931년 평양 정의고등보통학교를 졸업하고 그해 모교의 교사가 되었다. 교사로 부임해 일하던 중 정일형(독립운동가이자 훗날 외무부 장관, 야당인 신민당 고문)을 만나 결혼했다. 학업을 지지한 남편 덕에 1932년 이화여자전문학교 가사과에 입학해 수석 졸업했고 1946년 여성 최초로 서울대학교 법학과에 입학했다.

1952년 고등고시에 여성 최초로 합격했으나 여자 판사는 사회 통념상 시기상조인데다 야당인사인 정일형의 아내라서 안 된다고 이승만 대통령이 반대해 판사 임용이 불발돼 변호사 개업을 했다. 이후 청원서와 진정서를 내면서 헌법에 명시된 성평등 조항을 무시하고 가부장적 구습을 따르는 민법, 가정법의 개정운동을 전개했다. 이태영은 강연, 책자 발간, 토론회, 가두 캠페인 등으로 이 문제를 가시화하는 한편, 1956년에는 여성법률상담소를 열고 불평등한 제도에 신음하는 여성들의 목소리에 귀를 기울였다.

30여 년간 가족법 개정, 호주제 폐지, 동성동본 금혼령 폐지를 주도했고 1962년에는 가정법원 설치운동을 시작해 그 결과 1963년 가정법원이 설치되었다. 1963년부터 1977년까지 서울가정법원 조정위원으로 일했고, 1970년 국제법률구조연합회 이사 및 부회장, 1973년 세계여자변호사회 부회장, 1981년 국제법률가위원회 위원, 1986년부터 1996년까지 동위원회 부회장을 역임하는 등 국제적으로도 활발히 활동했다.

여권이 신장하려면 민주주의가 정착돼야 한다는 생각으로

1971년 신민당에 입당해 이후 군부정권에 저항하다 구속된 이들을 무료 변론하는 등 반독재운동에 투신했다. 이 과정에서 1977년 3·1민주구국선언에 참여했다가 변호사 자격을 박탈당하기도 했고 김대중 내란음모 사건의 증인으로 군사법정에 서는 등 크고 작은 어려움을 겪었다. 여성단체의 지도자로 활동하며 후배 양성에도 힘을 쏟아 막사이사이상, 유네스코 인권교육상, 국민훈장 무궁화장 등을 받았다. 이태영은 1998년 12월 17일 별세해 국립현충원에 묻혔다.

결혼 9년 만의 서울 법대 진학

이태영 박사님께서 우리 곁을 떠나 하늘나라로 가신 지 어느덧 2년이 되었습니다. 박사님께서 살아오신 삶에 대해서는 약력에도 잘 나와 있으므로 저는 이태영 박사님의 법조계 후배로서 제 생각의 일단을 여러분 앞에 피력하고, 또 다짐하는 그런 시간을 갖고자 합니다.

이태영 박사님은 정말 비범한 분이셨습니다. 결혼하시고 9년이 지난 후에 서른두 살의 나이로 서울대 법대에 진학하신 것이라든지, 그후 고등고시 사법과에 합격하시는 등 만학晩學임에도 뭔가 남다른 결단으로 그처럼 큰 결실을 거두신 것은 정말 놀라운 일이었습니다.

이박사님은 해방 직후인 1946년, 그 시대상황 속에서 한 여인의 몸으로 남다른 결단을 내리셨지만, 그에 못지않게 주목할 것은 부군 정일형 박사님께서 아내를 따뜻하게 이해하고 밀어주셨다는 점입니다.

선구적인 여성운동가

이태영 박사님은 참으로 선구적인 삶을 살아오셨습니다. 여성운동가로서, 법률가로서 정말 남다른 업적을 많이 쌓으셨습니다. 여기 한국가정법률상담소는 이박사님과 떼어서 생각할 수 없는 법률구조의 전당이 되었습니다. 이박사님은 법률구조를 통하여 개개인에 대한 상담과 법률구조의 차원을 넘어서 여성이 한 인간으로서 눈뜨고, 자기의 존엄을 찾고, 남성과 함께 양성이 평등하게 나서서 이 세상을 이끌어 나가야 한다는 큰 깨달음을 주신 선구자이셨습니다.

이태영 박사님께서 여성의 지위를 높이고 가족법 개정에 크게 이바지하신 것, 그리고 우리나라 최초의 가정법원 설치에 큰 공을 남기신 것은 여러분께서 이미 다 아시는 사실입니다.

남성중심의 사고에 깨달음을

저는 이태영 박사님께서 여성만 각성시킨 게 아니고 남성까지 각성시켰다고 생각합니다. 여성의 지위 문제는 여성만의 노력으로 해결이 가능한 것이 아니라 양성의 한 축인 남성의 회개와 깨달음과 실천이 따를 때 가능한 것인데, 그동안 오랜 역사 속에서 남성중심의 사고가 빚어낸 잘못에 대해서 남성들이 깨달음을 얻을 수 있도록 해주셨습니다.

또하나, 이 어른은 불쌍하고 차별받는 여인들의 눈물을 닦아주는, 그런 사랑과 아울러 때로는 매섭게 질책하고 호되게 꾸짖기도 하셨습니다. 여성이 자신의 지위를 좀더 굳건히 하기 위해서 여성 스스로는 어떻게 해야 하는지를 몸소 보여주신 분입니다.

이박사님은 우리나라 최초의 여성 법조인으로서 활동의 한계가 있었을 법도 한데, 전혀 그렇지 않았습니다. 오히려 남성 법조인들이 벗어나지 못하는 울타리를 부수고 사회 속으로 뛰어들었습니다. 즉, 송무訟務의 영역을 넘어서 법률상담 등 여러 가지 구조활동을 펼치시면서 법조인이 소홀히 했던 법정 밖에서의 활동에도 정열을 쏟으셨습니다.

부부가 3·1민주구국선언 사건으로

여성운동과 법률가의 활동 영역을 아울러 넓힌 것 외에도 변호사 아닌 피고인으로서 법정에 서신 적도 있었습니다.

1976년 세칭 명동 사건, 즉 '3·1민주구국선언 사건' 때 부군이신 정일형 박사님과 함께 공동피고인이 되셨던 것입니다. 저는 그때 변호사 자격을 박탈당한 상태였기 때문에 변호인석 아닌 방청석에서 재판을 지켜볼 수밖에 없었습니다만, 내외분 모두 어쩌면 저렇게 당당할 수 있을까 하는 생각이 들었습니다.

1972년 박대통령의 유신 선포, 1973년 반유신투쟁의 격화, 1974년 긴급조치 1호, 4호 발표, 1975년에 긴급조치 9호 발동, 그리고 1976년으로 넘어옵니다. 정말 살벌하다고밖에 표현할 길이 없는 때였습니다. 대부분의 국민들이 많이 지쳐서 좌절과 체념에 빠져 있을 때, 두 내외분을 비롯한 각계 민주인사들이 나서서 그처럼 용감하게 싸워주신 데 대해서 우리는 다시 한번 경의를 표해야 합니다.

김대중 내란음모 사건의 용감한 증인으로

이박사님의 남다른 사랑과 결단의 바탕에는 기독교 신앙이 큰 힘이 되었다고 믿습니다. 이른바 '순수신앙'이라는 이름으로 기독교인들이 이 세상의 불의와 독재권력에 대해서 눈을 감거나 오히려 그들을 위해 조찬기도회를 열면서, 의롭지 못한 집권자를 비판하면 종교의 정치 관여라고 비난하는 사람들이 많던 그런 시절이었습니다.

이태영 박사님은 법정에서 변호사나 피고인이 아닌 다른 역할도 하셨는데, 이른바 김대중 내란음모 사건 때에는 증인으로서 계엄군법회의 법정에 나오셨습니다. 1980년 봄 전두환 일당이 김대중 내란음모 사건을 조작하여 김대중 선생에 대한 사형 선고에 필요한 절차만 남겨두고 있을 때, 이박사님은 피고인에게 유리한 증언을 하기 위해 군사법정에 증인으로 나오셨습니다. 그때의 살벌한 시국 분위기의 한복판인 계엄군법회의에 나와서 피고인들을 위해서 증언을 한다는 것은 대단한 용기가 필요한 일이었습니다.

행동으로 헌신하신 일생

세상의 유명인사들 가운데는 말로는 헌신과 희생을 강조하면서 자신은 조금도 그렇게 행동하지 않는 사람도 있습니다. 그렇기에 이박사님께서 말씀만 옳게 하신 것이 아니라 스스로 몸을 던져서 자신의 고난을 무릅썼다는 점을 우리는 두고두고 마음에 새겨두어야 할 것입니다.

이 세상에는 자기를 죄인이라고 생각하는 의인이 있는가 하면, 자기를 의인이라고 생각하는 죄인도 있다고 합니다. 우리는 자칫 자신이 의인이라고 착각하는 죄인이 되어가고 있지 않은가 하는 준엄한 자기성찰을 게을리하지 말아야 합니다.

우리 시대에 '사서 고생 하는' 사람이 많아져야만 이 세상은 조금씩이라도 바로잡혀나갈 것입니다. 그러므로 이박사님의 일생에서 사서 고생 하신 흔적들을 찾아서 다시 되새겨보는 일이 중요합니다.

이박사님은 얼마든지 편안하고 화려하게 살 수도 있는 환경이었는데, 그런 영화를 버리고 굳이 힘든 일, 고생스러운 일들에 뛰어들어 이 세상을 위해서 그처럼 많은 일을 하셨습니다.

그 유지 받들어 우리 삶의 지침으로

문제는, 지금 살아 있는 우리들의 몫은 무엇인가 하는 것입니다. 훌륭한 분의 유지遺志를 받들고 계승한다는 것은 그

분의 삶 속에서 의미와 교훈을 찾아 우리 삶의 지침으로 삼고, 바른 세상을 이룩해나가도록 실천하는 일입니다. 우리가 진정 이태영 박사님을 존경해왔고, 또 이 시간에도 추모하는 마음이 간절하다면, 이분께서 이 세상에 계실 때 보여주신 삶의 모습을 마음에 새겨서 자신의 삶 속에서 그대로 실천해나가는 것이 무엇보다 중요합니다.

생전에 그토록 다정하셨던 이박사님, 돌아가신 후에도 우리의 심령 가운데서 영생하시는 이박사님을 다시 한번 추모하면서, 그 어른이 남기신 뜻을 우리 마음에 심어두고 그분과 같은 길을 가도록 다짐하고 노력합시다.

감사합니다.

— 2주기 추모 강연

‘범인 은닉’의
‘대역 조작’에 성공한
각본 재판

이돈명 변호사

이돈명

李敦明, 1922~2011

이돈명 변호사는 1922년 전라남도 나주에서 태어났다. 소학교를 마친 뒤 독학하다가 1946년 광주야간대학원(현 조선대학교) 정치학과에 입학해 1952년 제3회 고등고시 사법과에 합격하면서 판사의 길을 걸었다. 5·16군사쿠데타 후 법관 일에 회의를 느끼다가 부친이 별세하자 법복을 벗고 뜻 맞는 변호사들과 제일합동법률사무소를 열고 10여 년간 민사 사건 전문변호사로 일했다. 그러다 1974년 민청학련 사건을 맡은 황인철, 홍성우 변호사를 찾아가 변론에 동참하겠다는 뜻을 밝히며 인권 변호사로 방향을 틀었다.

이후 이돈명은 3·1민주구국선언 사건, 청계피복노조 사건, 리영희·백낙청 반공법 위반 사건, 동일방직·원풍모방 사건, 크리스천 아카데미 사건, 통혁당재건위 사건, YH무역 농성 사건, 김재규 내란음모 사건, 부산 미문화원 방화 사건, 서울대 프락치 사건, 대우자동차 파업 사건, 미문화원 점거 농성 사건, 부천경찰서 성고문 사건 등 1970~80년대 주요 시국 사건들의 변론을 맡으며 '인권운동의 대부'로 불렸다. 맡는 사건마다 패소한다며 지인들은 장난삼아 '유죄 변호사'라고도 했지만, 권력에 탄압받는 사람들은 가장 먼저 그에게 달려갔다.

김대중 내란음모 사건과 광주민주화운동 후 1980년대에도 수많은 시국 사건이 이어지자 조영래, 최병모, 박원순 등 십여 명의 변호사들과 함께 인권 변호사들의 모임 '정의실천법조인회(정법회)'를 1985년 조직했는데 이는 훗날 '민주사회를 위한 변호사 모임'(일명 민변)의 모태였다. 1986년 말에는 5·3인천민주항쟁으로 수배중이던 당시 민통련 사무처장 이부영을 숨겨줬다는 혐의를 받고 실제 은닉자인 고영구 변호사를 대신해 옥고를 치르기도 했다.

1987년 민주화 이후 이돈명은 한겨레신문 초대 비상임이사,

조선대학교 총장, 인혁당사건 진상규명 및 명예회복을 위한 대책위원회 공동위원장, 천주교 정의구현 전국연합 초대 회장, 민족문제연구소 이사장, 6월 민주항쟁 계승사업회 공동대표, 천주교인권위원회 이사장 등을 역임하며 과거를 기억하고, 현재를 바로잡고, 미래를 기획하고자 애썼다.

2011년 1월 11일 노환으로 세상을 떠난 이돈명을 추모하고자 천주교인권위원회는 이돈명인권상을 제정했다.

“동생, 자네”라고 불러주던 오직 한 분

이돈명 변호사는 1970년대 우리나라 법조계의 원로였으며, 나에게 ‘동생’ ‘자네’라고 스스럼없이 불러주시던 오직 한 분의 선배요, 형님이었다.

이변호사는 천주교 정의평화위원회 위원장이기도 하여, 박정희 독재정권도 함부로 범접할 수 없는 인물로 알려져 있었다. 그런 분이 1986년 10월 29일 전격 구속되어 세상을 놀라게 하였다. 더욱이 죄명이 국가보안법상의 ‘반국가단체 구성원에 대한 편의 제공’과 형법상의 ‘범인 은닉’이어서 파문은 엄청났다.

구속영장에 적힌 혐의사실인즉, 이변호사는 당시 수배중이던 민통련(민주통일민중운동연합, 1985년 3월에 결성) 사무처장 이부영씨를 5개월 동안이나 자기 집에 숨겨준데다가 도피 자금 50만 원까지 대줬다는 요지였다. 이부영 처장은 그해 봄의 ‘5·3인천사태’에 관련되어 피신중이었는데 성문聲

紋감식기를 연결시켜놓은 전화 도청에 걸려서 체포되었던 것이다.

'범인 은닉' 시나리오로 실형을

그는 안기부원에 의해 검거된 뒤, 그동안의 은신처에 대한 추궁을 받고, 이돈명 변호사 집에서 숨어 있었노라고 순순히 실토(?)를 했다. 이변호사 또한 수사기관과 법정에서 이처장을 자기 집에 숨겨준 것은 사실이라면서도, "나는 불의에 쫓기는 한 마리 양을 보호했을 뿐, 결코 범인을 은닉했다는 가책을 조금도 느끼지 않는다"라며 "죄 없이 부당하게 처벌받는 사람으로는 내가 마지막이 되기를 바란다"고 말했다.

이런 최후진술은 과연 천주교의 정의평화위원장다웠다. 이변호사의 자백에 의문의 여지가 없다고 본 1심 재판부는 당연하다는 듯이 이돈명 변호사에게 유죄판결을 선고하였다. 그것도 실형으로.

그런데, 이변호사는 이부영 처장을 자기 집에 숨겨준 일이 없었다. 실인즉, 이처장은 고영구 변호사 집에 숨어 있었다. 그리고 만일의 경우에는 이변호사 집에 숨어 있었노라고 둘러대기로 사전에 각본을 짰던 것이다. 여기에는 법조계 원로인 이변호사의 천주교 내의 신분과 비중으로 보더라도 그를 구속하지는 못할 것이라는 계산이 작용했던 것이다.

법원, 검찰 속이는 데 대성공

그러나 예상과는 달리 이변호사가 덜컥 구속되자, 진짜 은닉자인 고변호사는 당황해서 몸 둘 바를 몰랐고, 이변호사의 고생을 생각해서 그해 겨울을 줄곧 냉방에서 보냈다고 한다.

어쨌든 변호사들의 각본 모의는 누설되지 않은 채, 검찰과 법원을 속이는 데 대성공을 거두었다. 변호인단 안에서도 그 음모(?)를 모르고 있던 변호사가 대부분이었다.

얼마쯤 세월이 흐른 뒤 나는 이런 말을 했다. "이변호사는 진범을 처벌할 수 없도록 허위 진술을 했으니, 진짜로 공무집행방해죄의 피고인이 되어야 하는 것이 아닌가?"

2011년 1월 11일, 이변호사님은 평상시처럼 저녁을 드신

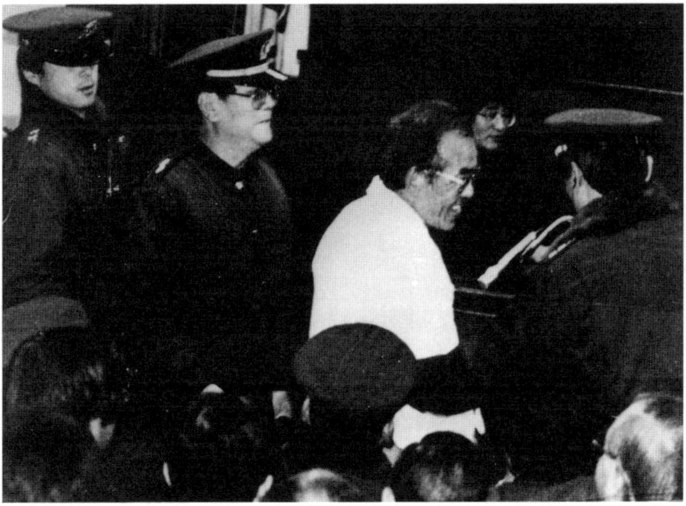

뒤에 마치 이웃집 마실이라도 가듯이 조용히 이승을 떠나셨다. 향년 89세. 이변호사님을 보내드리는 민주사회장에서 나는 다음과 같은 조사弔辭를 했다.

우리 시대의 양심이자 스승

삼가 범하凡下 이돈명 변호사님의 영전에 고하나이다.

우리 시대의 양심이자 스승이셨던 이돈명 변호사님, 만인의 존경을 받으시기에 합당하신 이변호사님, 오늘 아침 이

시간 어쩔 수 없는 고별의 슬픔을 안고, 변호사님의 영정 앞에 저희들 이렇게 모였습니다.

흔히 '회자정리'라고는 하지만, 변호사님과의 작별은 이 자리의 저희들은 물론이고, 이 땅의 많은 국민에게 커다란 슬픔과 허전함을 안겨주고 있습니다. 한 생명의 종말을 두고 '목숨을 거둔다'고 말하는데, 여기 '거둔다'는 말 속에는 '거두어 간다'는 수거收去의 뜻과 '거두어들인다'는 수확收穫의 뜻이 아울러 담겨 있다고 할진대, 변호사님의 영면永眠은 수거 아닌 수확, 참으로 많은 결실을 저희 남은 자들에게 확인시켜주셨습니다.

억눌린 자 위한 자칭 '범인'

불의에 맞선 변호사로서, 하느님의 의를 따르는 신앙인으로서, 암울한 세상을 일깨워주는 선각자로서, 그리고 역사의 현장에 몸소 나서야 했던 재야운동가로서, 변호사님께서 헌신하고 남기신 열매는 너무도 값지고 아름다웠습니다.

변호사님께서는 세속의 안일을 버리시고 겨레 사랑의 일념으로 사서 고생을 하셨습니다. 억눌린 자의 편에서 싸우

다가 스스로 억눌린 자가 되셨고, 억울하게 갇힐 위험에 놓인 형제를 살리고자 스스로 갇히는 몸이 되셨습니다. 변호사가 감옥에 끌려가고, 농성과 거리 시위에 나서야 했던 그 참담한 시대에 변호사님께서는 언제나 저희 후배들에게 감동적인 본을 보여주셨습니다.

변호사님께서는 그래서 한 시대의 표상이자 구심점이셨습니다. 압제가 판을 치는 세상에서 변호사의 길, 지식인의 길, 신앙인의 길이 무엇인지를 온몸으로 보여주셨습니다. 그리하여 이 땅에서 민주주의와 인권, 정의와 평화에 새살이 돋아나는 역사를 이룩하는 데 큰 몫을 하셨습니다.

눈에 보이는 형제를 사랑하는 것이 곧…

핍박과 좌절, 회의와 상처에도 불구하고 저희 후배들은 선배님을 본받아 민주와 인권의 대열에서 온갖 고난을 이겨낼 수가 있었습니다. 패배 가운데서도 승리를 확신하며, 눈에 보이는 형제를 사랑하는 것이 눈에 보이지 않는 하느님을 사랑하는 것이라는 신념도 변호사님의 발걸음에서 확인하고 배울 수 있었습니다.

변호사님께서는 자작극으로 피고인이 되셨던 법정의 최후진술에서 이런 말씀을 남기셨지요.

"법이 국민을 탄압하는 집권자의 도구가 되어버린 마당에 우리 법률가들이 자기 일신의 안위를 위해 법의 이름 아래 탄압받는 국민의 편에 서지 않는다면 어떻게 양심을 지켰다고 감히 말할 수 있겠는가?"

그런데 1986년 전두환 군사정권 때에 하신 이 말씀이 그로부터 사반세기가 지난 오늘에도 다시 그대로 들어맞고 있으니, 참으로 개탄스러운 현실입니다. 권력은 오작동이 되어 후진 기어가 들어가기도 하고, 난폭 운전으로 사고를 치기도 합니다. 이런 이변 속에서 저희 남은 자들은 변호사님께서 걱정과 함께 남기신 말씀의 뜻을 마음에 새겨서 역사의 궤도를 다시 제 길로 바로잡는 데 최선을 다하겠습니다.

존경과 추모의 간절한 마음

생전에 그토록 인자하시고, 연배의 차이를 넘어서 동락同樂의 친분도 사양치 않으셨던 변호사님, 이렇게 마음 아픈 고별의 시간에조차 이 속세의 무거운 말씀만 드려서 죄송합니다. 저 개인적으로는 '어이 동생!' '자네!'라고 불러주시던 변호사님의 그 사랑을 잊을 수가 없습니다. 그렇게 불러주실 형님은 이제 아무도 없다고 생각하니, 참으로 허전하다는 느낌이 듭니다.

불민한 저를 포함한 후배·후학들에게 당부하고 기대하시는 바를 마음에 헤아려서 힘을 모으고, 각자의 소임을 다함으로써 정의로운 사회를 이룩해나가겠습니다.

어렵고 험난했지만 참으로 값진 삶을 남기고 가신 변호사님께 저희 모두 존경과 추모의 간절한 마음을 바치면서, 가슴 아픈 작별의 인사를 드리고자 합니다. 이승에서 그토록 힘겹고 고단하셨던 만사를 그만 잊으시고 부디 영원한 안식을 누리시옵소서.

기독교의
반유신 본산
'종로5가'를 지킨 성직자

김관석 목사

김관석
金觀錫, 1922～2002

김관석 목사는 1922년 함경남도 함흥에서 태어났다. 함흥제2보통학교를 졸업하고 함흥상업학교를 지망하나 떨어져 1년간 재수하며 불교 사찰의 부속학원인 능인학원에서 불교 교리 등을 배웠다. 이듬해 어머니의 영향으로 개신교에 입문해 일본 유학을 떠나 도쿄신학교에 진학했다. 그러다 태평양전쟁이 발발해 징집되자 군사훈련 도중 탈영하여 아키타현의 탄광에 은신해 일본의 패망 및 조선의 해방 소식을 듣고 귀국했다.

귀국 후 함흥남부교회에서 강도사로 목회활동을 하던 중 신탁통치 반대운동을 벌여 투옥되는 등 순탄치 않자 고향을 등지고 월남했다. 1947년 조선신학교에 편입해 졸업하고 목사 안수를 받았다. 한국전쟁 시기에는 부산으로 피난하여 김재준 목사가 학장으로 있던 조선신학교의 강사로 일하며 기독교서회에서 편집과 출판 일을 병행했다. 미국기독교교회협의회의 지원을 받아 시러큐스대학에서 2년간 저널리즘에 대해 공부했고 유니언신학교에서 기독교윤리를 전공한 그는 1968년 한국기독교교회협의회(KNCC) 총무로 선출되면서 민주화운동에 나섰다.

김관석은 1968년 4년 임기의 총무직에 오른 뒤 1980년까지 세 번 연임했다. 자리를 맡기 전 『기독교사상』에 5·16을 반대하는 글을 썼다가 계엄사령부와 긴장을 빚은 일을 비롯해 1970년대 내내 함석헌, 장준하, 문익환, 백기완 등과 함께 삼선개헌 반대운동 등을 벌이며 박정희 정권과 맞섰다. 한편 진보적 기독교계가 계속해서 반정부활동을 이어가자 유신정권은 1975년 '수도권특수지역선교위원회 선교자금 사건'으로 보복해 김관석, 박형규, 권호경, 조승혁 등 대표적 진보 성직자들이 횡령 및 배임 혐의로 구속돼 결국 징역형을 선고받았다.

1980년 KNCC 총무직을 사임한 김관석은 그후 통일문제연구위원장, 기독교사회문제연구원 이사장, 기독교방송 사장, 세계

기독교언론협의회 아시아지역 의장, 새누리신문 사장 등을 지냈으며 통일, 인권, 민주화, 언론 자유를 위한 활동을 이어갔다. 광주 문제 해결을 위해 5·18특별법 및 주택임대차보호법 제정 등에 노력한 공로를 인정받아 2000년 국민훈장 모란장을 수여받았다. 2002년 2월 4일 소천했다.

다채로운 학력과 직분, 그리고 고난

운산雲山 김관석 목사님은 1922년, 함경남도 함흥에서 태어났다. 일본 도쿄신학교 재학중 일본군 학도병으로 징집되었다가 1945년 봄 탈출, 일본이 패전한 뒤인 그해 10월에 귀국하여 함흥 YMCA에서 일하던 중 신탁통치 반대운동에 연루되어 투옥된 바 있다.

그는 1947년 8월에 월남, 조선신학교(현 한신대학교)에 편입해 졸업 후에 목사 안수를 받았다.

1963년에 도미하여 시러큐스대학(신문학 전공)과 유니언신학교(기독교윤리 전공)를 나온 뒤 귀국하여 조선기독교연합회 총무, 한국기독교교회협의회 총무를 역임(1968~1980년)하면서 박정희 정권의 군사독재에 반대하는 기독교계의 투쟁의 중심에서 활동하던 중, 소위 수도권특수지역선교위원회 사건으로 투옥(1954년 4~9월)되기도 하였다.

그후 기독교방송 사장, 새누리신문사 사장을 역임하였으

며, 2002년 2월 4일, 80세를 일기로 소천하였다. 저서로는 『나는 이렇게 생각한다』『횃불이 꺼질 무렵』『평화를 찾아서』 등이 있다.

그분은 사회운동, 민주화운동, 에큐메니컬운동 등에서 폭넓은 활동을 했지만, 무엇보다도 KNCC의 총무로 우리 역사와 기억에 밀착되어 있는 성직자이다.

대부분의 종교인들이 정교분리의 담장 저편에서 몸을 사리고 있을 때, 김총무님은 한국 기독교의 여섯 개 진보적 교단으로 이루어진 협의체인 KNCC를 이끌고 박정희 정권의 독재권력의 마수와 대결하는 어려운 싸움을 계속하였다.

내가 기독교인이 아니면서도 반독재운동의 최전방이나 다름없었던 KNCC인권위원회에 참여했던 것도 바로 김총무님처럼 '싸우는 성직자'의 자세에 감동받았기 때문이었다. 그분의 자전적인 글에 보면, 아무도 변호를 맡으려 하지 않는 한 성직자 구속 사건의 변호를 내가 주저 없이 맡고 나선 데 대해서 고마웠다는 말씀이 나오기도 한다.

내가 반공법 필화 사건으로 서울구치소에 구속되어 있던 1975년 봄, 역시 같은 구치소 복도와 철창을 사이에 두고 김목사님의 모습을 뵈었을 때, 나는 나 자신이 구속된 것보다 더 분개하고 개탄했던 기억이 난다.

목사님께서 타계하시고, 한국기독교교회협의회장으로 거행된 장례 예배에서 나는 다음과 같은 조사를 했다.

장례 예배에서 조사를 하다

삼가 운산 김관석 목사님의 영전에 드립니다.

목사님! 팔순으로 마감하신 이 지상에서의 삶을 통하여 목사님께서는 참으로 많은 것을 남기고 가셨습니다. 이 땅의 남과 북에 아직도 널려 있는 난제들을 그토록 걱정하시던 목사님께서 어이 눈을 감으셨습니까.

1970년대 초입에 제가 목사님을 처음 뵈온 곳도 여기 기독교회관이었고, 험난했던 유신 치하에서 자주 만난 곳도 기독교회관이었는데, 이제 바로 이곳에서 목사님과 결별하는 의식을 올리게 되었으니, 애달프기 그지없습니다.

'종로5가'로 불리는 이곳 기독교회관은 70년대 이후 군사통치에 저항하던 반독재운동의 본산이었습니다. 자유와 인권 그리고 민주주의를 쟁취하기 위한 싸움의 중심에 한국의 기독교가 있었다면, 그 기독교의 중심에 KNCC가 있었고, 그 KNCC의 중심에 바로 총무이신 김목사님이 계셨습니다.

돌이켜보면 참으로 험난하고 암울하던 그 시절, 목사님은 우리들의 향도嚮導이자, 등대였습니다.

한국의 1970~80년대가 찢겨야 했던 역사의 큰 상처를 앓으며 모두들 좌절과 소망, 추종과 저항, 분열과 연대의 교착 속에서 괴로워하던 시절, 목사님께서는 바로 이 기독교회관 KNCC 총무실에서 역사의 미래를 짚어보듯 창밖의 뿌연 하늘과 지붕을 바라보시며, 혹은 답답한 벽을 응시하시며, 무리를 이끄는 목자의 외롭고 힘든 길을 새겨나가셨습니다.

그 포악한 유신독재에 대한 저항의 본거지이자, 군사정권의 마수가 겨냥한 표적이기도 했던 이 기독교회관, 여기서 하느님 신앙의 바른길이 무엇인가를 추구하며 참으로 간절한 기도와 치열한 싸움이 엉키곤 하던 시절이 회상됩니다. 그 회상 속에 목사님의 얼굴이 선하게 떠오릅니다.

소위 '남산 부활절 사건'의 충격과 의미

1973년 봄의 이른바 '남산 부활절 사건'은 이 땅의 그리스도인들에게 많은 충격과 깨달음을 체험하게 하였습니다. 그리고 다짐과 결단의 길을 가도록 했습니다. 그 사건의 변호를 맡아주도록 저에게 청한 분도 바로 목사님이었습니다.

그후 한국 기독교계가 불의한 권세를 물리치기 위한 기독교인의 책무를 공감하였기에 이른바 대통령 긴급조치 사건 피고인의 선두에도 언제나 기독교 성직자들과 기독 학생들의 무리가 있었습니다.

세상이 공포에 싸여 모두들 숨을 죽이고 살아갈 때, 예수 믿는 사람들은 무슨 용기로 저렇게 15년 징역, 아니 사형까지도 두려워하지 않고 나설 수 있는가? 긴급조치 사건을 변호하면서 저는 그런 의문이 차츰 풀리기 시작했고, 그래서 당시로는 신앙의 울타리 밖에 있던 제가 훗날 크리스천이 되었던 것입니다.

KNCC 중에서도 인권위원회는 민주화투쟁의 '중심체'였습니다. 그 인권위원회의 초창기에 제가 위원으로 참여한 것도 김목사님의 권면 때문이었지요. 기독교인도 아닌 제가 어떻게 기독교단체의 무슨 위원이 될 수 있느냐고 고사했을 때, 목사님께서는 '기독교적인 크리스천과 비기독교적인 크리스천'에 관한 말씀으로 저를 설득하셨습니다.

목사님께서는 열변이나 달변 대신 매우 신중한 말씀으로 무게와 설득력을 더하셨습니다. 용맹스러운 투사형이 아닌 절제된 표정으로 든든한 어른스러움과 신뢰감을 보여주셨습니다.

어느 목사님은 "가슴에 폭발하는 눈물을 간직하고서도 잔잔한 미소로 사람들을 편안하게 해주는 분"이라고 목사님을 평가했습니다.

사실, 목사님의 굳건한 신앙과 남다른 끈기와 인내심과 용기 그리고 포용력이 아니었다면 1970년대 한국 기독교계의 민주화운동, 에큐메니컬운동은 그 찬란한 자욱을 남기기가 어려웠을 것입니다.

『기독교 사상』 주간으로 계실 때, 5·16군사쿠데타가 터진 직후에 나온 그해 6월호에 5·16을 비판하는 권두언을 썼다가 군인들에게 끌려가 고생을 하셨지요. 그때 그런 용기를 발휘한 사람은 아주 소수였습니다. 민주화운동과정에서도 기독교 내에서 여러 입장, 여러 견해가 난립되어 갈등과 분열을 겪기도 했습니다. 믿음과 아집이 혼동되던 그런 풍토에서 이 땅의 민주화운동과 에큐메니컬운동이 그만큼 전진할 수 있었던 것도 목사님의 강인한 구심력과 포용력 덕분이었다고 믿습니다.

참, 목사님과 저는 1975년 봄, 서울구치소에서 마주본 적이 있지요. 제가 반공법 필화 사건에 몰려 수감되었을 때, 목사님께서는 소위 수도권특수지역선교위원회 사건으로 투옥되셨습니다. 해외에서 보내온 선교비의 용도를 트집잡은 무슨 횡령 사건이었다고 기억되는데, 그런 옥고를 겪으면서도 목사님은 성직자의 길, 지도자의 길에서 한 치도 벗어나지 않으셨습니다.

목사님은 기독교방송국 사장으로 계실 때에도 나라의 민주화를 지향하는 방송으로 많은 국민의 주목과 박수를 받으셨습니다.

이제 목사님은 천수를 다하시고 하느님 곁으로 가셔서 편히 쉬시게 되었습니다. 성경에도 옳은 일을 하다가 박해를 받는 사람은 행복하다 하였습니다. 그런 의미에서 행복하게 살다 가신 목사님께서 받으실 큰 상이 하늘나라에 분명 마련되어 있을 줄 믿습니다. 하늘나라에서도 이 겨레를 지켜주시고 유명幽明을 초월하여 저희들을 이끌어주시길 바랍니다.

목사님의 의로운 뜻, 마음에 새기며

비록 이 지상을 떠나가셔도 목사님은 저희들의 영원한 목자이시자, 스승입니다. 불멸의 횃불이십니다.

육신을 뛰어넘어 저희들의 마음 가운데 영생하실 목사님, 저희들은 목사님의 삶을 추모하는 마음과 더불어 목사님의 의로운 삶의 뜻을 마음에 새기고 이어받아 이 세상에서 '남은 자'의 소임을 다하겠습니다.

우리의 영원한 목자 되신 사랑하는 목사님! 목사님의 이름을 다시 한번 불러보고 싶습니다.

우리 목사님, 김관석 목사님, 이제 빛과 사랑이 넘치는 하늘나라에서 부디 안식하시옵소서.

— 영결예배 조사(2002. 2. 7.)

어리석을 만큼
곧게 살다 가신 의인

이우정 교수

이우정

李愚貞, 1923~2002

이우정 교수는 1923년 8월 1일 경기도 포천에서 태어났다. 『자유종』을 쓴 신소설 작가 이해조의 손녀로 어린 시절 매우 넉넉한 환경에서 자랐다. 1940년 경기여자고등학교 졸업반 시절 일제강점기 정신대 동원을 피하기 위해 아버지가 혼사를 서두르자 친구 집에 숨어들었다가 기독교에 입문하게 됐다. 1951년 조선신학원을 마친 뒤, 김재준 목사의 권유로 캐나다 토론토대학의 이매뉴얼칼리지에서 신학을 공부했다. 1953년 모교인 한신대 교수로 부임한 뒤, '한신 계열' 신학자답게 문익환, 안병무, 함석헌 등 진보인사들과 교유하며 반독재운동에 앞장섰다.

1970년 한신대학교 교수 전원이 박정희 정권의 독재에 항거해 사직서를 냈는데 그후 이우정은 기독교 장로회 여신도회에 참여하며 본격적으로 사회운동에 나섰다. 특히 전태일의 죽음에 큰 충격을 받아 민중신학을 받아들이는 한편 이론으로만 배우고 가르쳤던 신학을 현실에 구현하는 데 투신했다.

주류 신학의 남성중심주의와 서구중심주의, 강자 입장에서의 지배논리를 비판하고 '밟힌 자'의 눈으로 역사와 사회를 조망한 이우정이 가난한 여성과 노동자의 편에 선 것은 필연이었다. 그는 동일방직, 원풍모방, 남영나일론, 성도섬유, YH 사건 등 열악한 환경에서 장시간 노동과 저임금에 시달리던 여성 노동자들의 무수한 저항의 현장에 함께했다. 또한 일본인 관광객을 대상으로 하는 '기생관광'을 반대하며 이를 단속하지 않고 외화벌이의 도구로 삼은 정부 당국을 앞장서 비판했다.

1972년 서울여자대학교 교수로 재임용되지만 1974년 민청학련 사건 때 자금연락책으로 몰려 곤욕을 치렀고 1976년 3월 1일에는 명동성당에서 3·1민주구국선언문을 직접 낭독해 기소된 후 학교를 떠났다. 이후 노동운동, 인권운동, 유신정권 비판활동에 나섰고 언론의 민주화운동에도 적극 참여하여 여신도들의 금반지를 모아 동아일보에 십여 차례 광고를 내는가 하면 어용방송이 된 KBS 시청료 거부운동 등도 전개했다.

1986년 부천경찰서 문귀동의 성고문 사건 이후 여성 조직의 필요성을 절감해 이듬해 한국여성단체연합을 세워 초대 회장으로 부임했다. 가족법 개정, 일본군 위안부 문제를 공론화했으며 1992년 국회의원에 당선된 뒤에는 호주제 폐지 발의, 성폭력특별법 및 성매매금지법안 제정, 공직 여성의무할당제 등을 위해 애썼다. 평화를 만드는 여성회, 민족화해협력범국민협의회 등에서 활동했고 말년까지도 민주화보상심의회 위원으로 일했던 이우정은 2002년 5월 30일 숙환으로 별세했다.

신학 교수이자 노동자들의 어머니로서

이우정 교수님은 교육자이자 교회 장로이시고, 고통받는 노동자들의 어머니였다. 일제 강점기 때 경기여고를 나와서 한국신학대학과 캐나다의 토론토대학교에서 수학하셨다. 귀국한 뒤에는 한신대, 서울여대에서 교수로 강단에 섰는가 하면, 한국교회여성연합회 회장, 한국여성단체연합회 회장, 평화를 만드는 여성회 회장 등 중책을 맡아 다양한 활동을 했다.

그의 발걸음은 거기서 멈추지 않았다. 동일방직 사건(1978년) 긴급대책위원회 실행위원, 원풍모방노동조합 대책위원회(1982년) 위원장 등 혹사당하고 유린당하는 노동자들을 위한 싸움의 일선에까지 나서기를 주저하지 않았다. 그러다보니, 경찰서 유치장에서 밤을 새운 무용담도 따랐다.

이교수님은 평생을 독신으로 지내면서 가정에 얽매이는 일 없이 오로지 억압받는 사람들을 위한 운동과 싸움에 몸을 바쳤다.

내가 1976년에 반공법 위반 유죄 확정으로 변호사 자격을 박탈당하고 출판사를 꾸렸을 때에는 밤낮으로 격무에 시달려 피곤하신 중에도 1인 출판사나 다름없는 영세한 내 출판사에서 출판할 책의 원고를 써주시느라 무리를 하시기도 했다. 뿐인가, 핍박받는 사람들(피고인들)을 위한 법정 증언까지 나가시느라 고생이 이만저만이 아니었다.

나의 「어떤 조사」 필화 사건 증언에 진짜 '조사'로

2002년 5월 30일, 교수님께서 79세를 일기로 운명하셨을 때, 나는 이렇게 조사弔辭를 했다. 1975년에 내가 「어떤 조사」라는 글로 해서 필화를 당했을 때, 법정 증언을 해주신 선생님의 영전에 이번에는 내가 진짜 '조사'를 드리게 되었던 것이다.

삼가 고 이우정 선생님의 영전에 올립니다. 제가 박정희 유신정권 아래서 「어떤 조사」란 글이 문제가 되어 반공법으로 묶여 들어갔을 때, 법정에서 그처럼 용감한 증언을 해주신 선생님 영전에 이렇게 실제상황으로 조사를 드리게 되다니, 남다른 비애를 가눌 길 없습니다.

이제 우리 삶의 저편에서 이승의 저희를 보시고 차마 발길을 떼지 못한 채 손이라도 흔들고 계실 선생님! 갑작스러운 비보를 듣고서야 선생님의 연치年齒가 80에 닿았음을 비로소 알았습니다. 언제나 변함없는 청순한 지도자, 누님이시고, 어머니셨던, 우리 이우정 선생님.

이름 그대로 어리석을愚 만큼 곧게貞 살다 가신 영원한 의인, 당신이 계셔서 이 땅에 의義가 살아났고, 당신이 계심으로써 민주주의와 인권이 제 모습에 가까워질 수 있었습니다. 좋은 가문, 좋은 학벌, 세속 영화 다 밀어내시고 한평생 남을 위해, 불우하고 고통받는 이들을 위해, 불의한 세상 바로잡기 위해, 한 사람에 매이기보다는 만인을 섬기며 고생길 자청하신 선생님, 불의한 권세에 맞서다가 학교에서 쫓겨나시고, 끌려가시고, 수사받고, 법정에 서고, 온갖 수모와 고난에도 굽히지 않으신 선생님의 신앙과 신념을 다시금 우러르게 됩니다.

1975년 봄, 제가 반공법 필화 사건으로 구속당했을 때, 저를 위해서 법정 증언까지 해주신 그 뜨거운 사랑을 제가 어찌 잊을 수가 있겠습니까? 담대하시면서 마음 여리시고, 강인한 의지의 한편에 눈물도 많으시던 그 자애로움, 그리스어 시간에 공부 소홀한 학생 살짝 꾸짖으시던 그 책망, 그 백 배, 천배로 독재자 꾸짖고 돌아와서 다시 봄날 같은 화창한 웃음 풀어놓으시던 그 넉넉함, 이제 어디서 대할 수 있겠습니까.

월급봉투 핸드백에 넣고 다니면서…

어려운 형제들 위해 가진 것 남김없이 다 내주시고, 월급봉투째 핸드백에 넣고 다니면서 여기저기, 이 사람 저 모임에 나누어주시고, 그래서 국회의원 되시고도 전 재산 1300만 원이란 그 축복의 무소유를 남기셨습니다.

자신을 위해 아무것도 챙기지 않으시고, 그저 자나깨나 억눌린 사람, 짓밟힌 사람, 가난한 사람, 차별받는 사람, 의에 주리고 목마른 사람을 위해서, 남들이 외면하고 피해가는 힘들고 위험한 길, 궂은일만 찾아다니셨으며, 차별 없는 세상 세우고자, 동족 사이의 분단의 장벽 허물고자 앞장선 발길, 조국의 남과 북을 누비셨으니, 그 초인적 사랑을 누가 흉내인들 낼 수 있겠습니까.

이 나라 역사의 큰 짐을 지고

갑자기 쓰러지시던 그날도, '동의대 사건' 문제로 크게 분개하시지만 않았다면, 그런 변고도 없지 않았을까 하는 안타까움을 떨칠 수가 없습니다. 6·25의 달, 6월 민주항쟁의 달, 남북 6·15공동선언의 달에 이 나라 역사의 큰 짐 지셨던 선생님을 이렇게 보내드려야 하다니요.

이제 우리 곁을 떠나가시는 임이시여, 당신이 계시던 그 자리, 그 넓은 빈자리, 누구라서 메울 수 있겠습니까. 선생님의 헌신과 수난으로 해서 이만큼의 민주와 평화라도 이룩했지만, 아직도 이 나라엔 걱정거리가 한두 가지가 아닌데, 어쩌면 그렇게 홀연히 하늘나라로 가실 수가 있단 말입니까.

우리에게 깨달음과 소망을 심어주신 장로님, 올바른 삶의 길, 지식인의 길, 크리스천의 길이 무엇인지를 본으로 보여주신 장로님, 만인에게 위로를 주시고 또한 부끄러움도 가르쳐주신 장로님, 당신께서 파종하고 가신 그 귀한 덕목을 되새기면서 우리에게 맡겨진 역사의 길을 헤쳐나가겠습니다. 떠나시면서 소중한 눈을 남겨주고 가셨듯이, 앞으로도 저희들의 정신과 마음의 눈이 되시어 생각과 발걸음을 바르게 이끌어주시옵소서.

하느님의 충직한 여종이셨던 장로님, 부디 하늘나라에 예

비된 큰 상 받으시고 평화와 안식을 누리시옵소서. 당신께서 그토록 사랑하신 수많은 아들딸, 그들로 해서 배는 아파 보지 않으셨지만, 그러나 마음 아프신 일은 많았던 그 사랑은 기필코 위대한 열매를 맺어 반드시 하느님과 장로님을 함께 기쁘게 해드릴 것입니다.

그렇게 남기신 사랑을 통해서 장로님은 이 나라의 역사와 우리들의 마음속에 영생하시는 것입니다. 이렇게 영결하는 자리에서조차도 저희는 장로님께서 언제나 우리와 함께 계심을 믿습니다. 장로님! 편히 쉬시옵소서.

인간 디제이의
추억

김대중 대통령

김대중

金大中, 1924~2009

김대중 대통령은 1924년 1월 6일 전라남도 신안군 하의도에서 태어났다. 보통학교 4학년을 마친 후 어머니와 목포로 이사해 목포공립보통학교를 다녔다. 이후 5년제 목포상업학교에 입학해 1943년 졸업하자마자 목포상선회사에 들어가 해방 이후 이 회사를 운영하는 전도유망한 청년실업가가 되었다.

1945년 건국준비위원회에 참여하나 좌경화 움직임이 보이자 탈퇴했고 1946년 목포 신민당 지부에 참여했다. 1950년 한국전쟁 발발 후 인민군에게 체포돼 목포형무소에 수감되나 죽을 고비를 넘겼다. 이후 목포일보와 목포상선주식회사를 운영하며 전남

해운조합 회장과 한국조선조합 이사로 활동했다. 1952년 이승만 정권의 계엄령 선포 등을 겪고 반독재운동을 위해 정계 진출을 결심했다.

정치에 뜻을 품고 1955년 상경한 뒤, 김대중의 삶은 고난으로 점철되었다. 국회의원 선거에서 세 번 연속 떨어진 뒤 1961년 강원도 인제 보궐선거에서 민의원에 당선됐으나 당선 사흘 만에 5·16군사쿠데타가 터져 국회가 해산돼 의원 선서조차 하지 못했다. 1963년 민주당 대변인으로 정계에 돌아와 내리 3선을 하며 입지를 다져 박정희 정권의 탄압을 받았다. 미국과 일본 등지에서 박정희 정권에 맞서 민주화운동을 계속했다. 그러다 1973년 일본 도쿄에서 납치당해 바다에 수장당할 뻔했으나 극적으로 생환했다. 하지만 3·1민주구국선언에 참여하는 등 반유신투쟁을 계속했다.

1980년 전두환 신군부가 내란음모죄로 김대중에게 사형을 선고하는 등 수차례 생사의 기로에 섰다. 수인의 신분을 벗고 대통령이 되기까지 거의 20년 동안 불의에 꺾이지 않고 독재에 정면으로 맞섰으며 망명, 창당, 합당, 두 차례의 대선 출마와 낙선, 정계 은퇴와 복귀에 이르는 파란의 삶을 살았다.

IMF 외환위기중에 1998년 대통령에 취임한 김대중은 금융, 기업, 노동, 공공 4대 분야에 일대 개혁을 단행하며 위기를 수습했다. 또한 외교력을 동원해 동아시아 평화체제를 구축했다. 2000년 6월 분단 이래 최초로 남북정상회담을 개최했고, 화해와 협력을 약속하는 6·15공동선언을 발표하는 등 한반도의 적대관계 청산을 위한 초석을 놓았다. 그 공로로 2000년 노벨평화상을 받았다.

2003년 퇴임 후 국내 정치에는 관여하지 않고 국내외 언론 회견, 강연, 저술활동 등을 통해 남북의 화해와 협력, 동북아 평화를 위해 힘썼다. 2009년 폐렴 병세가 악화돼 8월 18일 별세했다.

사대주의 논쟁

디제이는 해학도 달인 수준이었다. 1980년 봄, 소위 김대중 내란음모 사건으로 구속된 디제이는 전두환 군부의 시나리오대로 사형판결이 확정되어 목숨이 그야말로 경각傾角에 달려 있었다. 그러나 미국의 반대와 세계 여론의 항의로 무기징역으로 감형된 후 미국으로 반은 추방, 반은 망명을 했다.

그런데 그는 1985년 12대 국회의원 선거를 며칠 앞두고 전두환 정권의 반대를 무릅쓰고 귀국을 강행한다. 귀국 항공편에는 외국의 정치인, 외교관, 인권운동가, 언론인 등이 함께 따라왔다. 경찰은 김포공항에서 대기하고 있다가 비행기에서 내리는 디제이를 동교동 자택으로 강제 압송하고 연금해버렸다. 전두환 정권은 디제이의 귀국을 비난하는 가운데, "디제이가 여러 외국인과 함께 온 것은 사대주의적 망발"이라고 몰아붙였다. 이에 대한 디제이의 응수는 이러했다.

"내가 외국 사람들을 따라다녔다면 몰라도, 외국인들이 나를 따라왔는데 왜 내가 사대주의자란 말인가?"

'유머 책 내서 돈 벌자'

그분은 카리스마도 대단하신 분이었다. 당의 간부들이나 정치권 인사들은 물론이고, 웬만한 지식인이나 사회 명사들도 그 앞에만 서면 작아지는 수가 많았다. 그 점에서 나는 좀 달랐다. 일부 경망스러운 언론이 나를 소개할 때, 디제이와 몇 시간씩 담론을 한다느니, 눈빛만 봐도 통하는 사이라느니, 터놓고 농담을 할 수 있는 유일한 사람이라는 등 '무엄한' 소리를 하는데, 그건 결코 아니다. 1998년, 내가 김대중 정부의 감사원장으로 임명되자 모든 언론들이 나를 치켜세우느라고 한 말들이었을 뿐이다. 단지 내가 남들과 다른 점이 하나 있었다면 그분 앞에서도 유머를 활용해서 좌중을 웃긴 적이 종종 있었다는 것뿐이다.

내가 입다물고 조용히 있으면 디제이는 오히려 궁금하다는 듯이 "오늘은 뭐 유머 좀 없느냐"고 말씀하시기도 했다. 한번은 이런 말씀도 하셨다. "우리 활동자금도 궁하고 하니,

누가 수첩 들고 한변호사 뒤를 따라다니면서 유머를 받아 적어가지고 출판을 해서 베스트셀러를 만들어 돈 좀 벌면 좋겠다." 대통령이 되신 뒤에도 면전에서 유머를 구사(?)하여 즐겁게 해드린 일은 더러 있었다.

재판장 입이 앞으로 나오면 산다?

그분은 앞서 말한 1980년 봄의 내란음모 사건 때, 걱정했던 대로 군법회의에서 사형을 구형받은 뒤, 무려 1시간 40분에 걸친 길고 긴 최후진술을 했다. 사형의 위협을 눈앞에 둔 절절한 유언 같은 말씀에 피고인석, 방청석 할 것 없이 모두 눈물을 흘렸다. 속된 말로 짜고 치는 고스톱이라, 판결도 필시 사형일 거라는 예측이 지배적이었다. 그런데도 '혹시' '설마' 하는 생각과 '그렇게까지야' 하는 생각이 실낱같이 어른거렸다. 디제이 자신은 그 살벌한 판 속에서 오죽했을까마는, 이런 기막힌 희화도 마음속에 그려보았다고 훗날 말씀하셨다.

즉, 판결 선고 때 재판장의 입이 ('사' 하면서) 옆으로 째지면 '사형'이고, '무' 하면서 입이 앞으로 나오면 '무기'다. 그러니까 재판장 입이 앞으로 나오기를 바랐는데, 반대로 옆으로 찢어지면서 '사'자가 나오는 바람에 '사형'이 떨어지고 말았다.

이런 농담은 농담으로 들리지 않았다. 외로운 독방에서 수없이 죽음의 순간을 떠올렸다는 그분에게 어쩌면 그런 해학적인 상상이 스며들 수 있었을까?

이희호 여사의 기도에 불만을?

영부인 이희호 여사께서 교도소 접견을 오실 때마다 마주앉아 하느님께 간절히 기도를 올리는데, 디제이는 그 기도 내용이 불만이었다고.

"하느님, 저의 남편의 목숨을 살려주십시오"라고 기도하는 게 아니라 "모든 것을 하느님 뜻대로 하옵소서" 이렇게 말씀했기 때문이라고…… 디제이는 훗날에도 가끔 그때의 기도가 매우 섭섭했노라고 하면서 좌중을 웃겼다.

물론 이여사의 참뜻이야 백 번이라도 '살려주십시오'에 있었겠지만, 개신교(감리교) 장로인지라 그렇게 성서적인 표현을 썼을 것이다. 즉 신약성서에 보면, 예수가 자신의 죽음이 임박한 것을 아시고 겟세마네 동산에 올라가 혼자서 하느님께 기도드릴 때, “내 아버지여, 만일 할 만하시거든 이 잔을 내게서 지나가게 하옵소서. 그러나 나의 원대로 마옵시고 아버지의 원대로 하옵소서”라고 말하는 대목이 나온다. 그래서 이여사는 장로답게 성경의 표현을 따른 것은 아닐까?

실제로 이여사는 미국 정부의 전·현직 고위 관리를 비롯한 국내외 요인들을 상대로 기민하고 호소력 있게 부군의 구명운동을 한 바 있고, 여기에는 이여사 자신의 지혜와 역량이 크게 주효했던 것으로 알려졌다. 결국 미국 대통령선거에서 진보파의 카터 아닌 보수파의 레이건 후보가 승리하여 디제이의 구명이 더욱 어렵게 되었구나, 하고 절망하기도 했지만, 의외로 레이건이 전두환에게 강수를 쓰는 바람에 디제이는 죽음을 면하게 되었다. 하느님의 뜻대로 된 것이니, 이여사의 기도는 적중했던 것이다.

디제이의 포용 정책, 조수미의 포옹 정책

디제이는 2000년 12월에 노벨평화상을 받았다. 한국인 최초의 노벨상 수상이라서 그 의미가 컸다. 대통령께서 전용기 편으로 노르웨이에 가실 때 나도 일행의 한 축에 끼어 있었다. 오슬로공항에 내린 시각이 오후 3시였는데, 날이 벌써 어두워지고 있었다. 그곳 날씨는 1년 내내 흐리기만 해서 햇볕 보기가 힘들다고 했다. 바로 이런 곳에 모인 노벨상 심사위원들이라 '(디제이의) 햇볕 정책'에 반색을 하고 디제이를 수상자로 결정했을 것이라는 짐작. 이건 현지에서 내가 일행들 앞에서 발표한 '수상 이유'였는데, 모두가 노벨상에 감격해서 '용비어천가'만 부르는 판이 되어 내가 잠시 열기를 식히느라고 해본 말이었다.

시상식이 있던 그날 저녁, 엄청나게 크고 화려한 어떤 공연장에서 축하행사가 열렸다. 세계적인 가수 등 연예인들이 화려한 무대를 누비는 자리였는데, 한국인으로는 조수미씨가 등장해서 반가웠다. 그는 장내를 휘어잡듯이 우렁차게 노래를 부르고 나서 마침 무대 왼쪽에 잠시 나와 있던 디제이에게 다가가더니, 서슴지 않고 뜨거운 포옹을 좌우로 퍼부었다.

돌아오는 차 안에서 각자의 소감 발표가 있었는데, 나는 이런 말을 했다. "조수미씨가 해외에서 오래 살더니, 디제이의 '포용 정책'을 '포옹 정책'으로 잘못 알고 있는 것이 아닌가 싶다.”

상이나 대신 받아 오라고 하시니

감사원장 임기중이었으나 정년이 되어 ‘조퇴’하고 법무법인 광장으로 가서 일하고 있는데, 청와대에서 연락이 왔다. 2002년 정초였다. ‘국제행동을 위한 의원연합’이란 단체에서 김대중 대통령을 ‘민주주의 수호자상’ 수상자로 선정했다는 통지가 왔으니, 나보고 대신 상을 받아 오라는 것이었다. 청와대측에 나는 한마디했다. “충신은 주군을 위해서 목숨도 바친다는데, 나보고는 상이나 대신 받아 오라는 말씀이고 보니, 나를 충신으로는 보지 않는 것이 확실하군.” 어쨌든 나는 시상식이 열리는 스톡홀름을 향해 떠났다. 제네바의 세계교회협의회에서 17년 동안 근무한 국제통 박경서 박사 내외분과 동행이었다.

김대통령께서는 그 전해 겨울(2000년 12월) 노벨평화상을 받으러 오슬로를 다녀오신 터여서, 또 무슨 상을 타기 위해서 나라를 비우고 장거리 여행을 할 처지가 못 되었다. 출국하기 전 청와대 오찬 자리에서 김대통령은 그런 사정을 주최

측과 내빈들에게 잘 양해시켜달라는 당부를 잊지 않으셨다.

시상식에서 나는 수상자 명의로 된 인사말씀을 했다. 청와대에서 준비해준 연설문을 여러 번 읽고, 오디션을 통하여 박경서 박사로부터 발음을 교정받는 등 사전 예습을 했다.

간 김에 스웨덴 감사원장을 만났다. 지난겨울에 이어 두 번째 스톡홀름 방문이라고 했더니, 왜 추운 나라에 추운 겨울에만 오느냐고 웃으면서 묻는다. 나는 대답했다. "우리 대통령께서 국제적인 큰 상을 하필이면 겨울에만 받으시니, 난들 어떻게 합니까?"

관훈클럽 연설문 비화

1979년 10월, 10·26사태로 박정희 대통령이 암살되자 정국이 요동치는 가운데 민주화를 기대하는 '서울의 봄'이 찾아왔다. 정치 해금으로 이른바 3김이 정계의 중심에 나타나게 되었고, 디제이는 그중에서도 가장 주목을 받았다. 자연스레 집회 참석·강연 등의 빈도가 잦게 되었다. 그때마다 디제이의 준비는 철저했다.

중견 언론인들의 모임인 관훈클럽 초청 토론(연설 포함)은 매우 비중 있는 행사였다. 거기서 초청을 받은 디제이는 연설문 작성을 위한 분야별 집필진을 구성하였다.

서울 시내 한 호텔에서 합숙까지 하면서 각자 분담한 분야의 연설문 초안을 작성하였다. 그리고 그 전체를 취합 정리하는 작업은 내가 맡았다.

집필진이 각기 자기 분야에서는 알아주는 교수·언론인 등 전문가들이어서 연설문 초고의 내용도 좋았다고 자신하면서 디제이에게 넘겨드렸다. 디제이께서 직접 읽어보시고 손질한 원고가 내려와야 인쇄를 해서 행사 시간에 맞출 수가 있는데, 감감무소식이었다. 그때 홍보 일을 돕고 있던 나로서는 걱정을 하던 끝에 행사 전날 동교동에 들어갔더니, 모 호텔에 계신다고 한다. 거길 찾아갔더니 객실 테이블에서 직접 원고를 새로 쓰고 계셨다. 은밀하게 예약해둔 북창동 골목의 조그만 공판孔版 타자집에서 타자·인쇄·제본의 일관작업으로 연설문 팸플릿을 만들어 토론회 시작 직전에야 아슬아슬하게 현장에 도착했다.

디제이의 완벽주의는 상상 이상이었던 것이다.

변호인 제쳐놓은 재판장 기피 신청

박정희 대통령이 독재의 극약 처방으로 이른바 10월유신을 선포하자, 당시 일본에 머물고 있던 디제이는 강력한 반대 성명을 내고 미국 일본을 오가며 반유신운동을 벌였다. 이를 보다못한 박정희 정권은 중앙정보부로 하여금 디제이를 일본에서 납치해서 동교동 자택으로 압송 연금한다. 호텔 객실이나 바다에서 살해하려던 흉계는 실패했다. 일본정부가 주권 침해를 이유로 디제이의 '원상회복'(즉 일본 송환)을 요구하자 그에 불응하는 구실로 몇 해째 방치해오던 디제이의 선거법 위반 사건의 재판을 열었다.

변호인단 네 사람 중의 하나인 나는 재판이 있는 날마다 아침 일찍이 동교동 댁에 가서 그날의 공판 전략을 상의하고, 같은 차로 법정으로 나가곤 했다. 그런데 재판이 이상하게 돌아갔다. 불구속 사건인데도 이례적으로 매주 한 번씩 숨가쁘게 공판기일을 넣는가 하면, 녹음검증을 하는 판사실까지 중앙정보부 요원이 들어왔는데도 재판장은 나가라는 말을 못했다. 뿐인가 유죄라는 선입견을 거침없이 말하기도 했다.

그다음 공판 날, 법원에 나가는 차 안에서 디제이는 재판장에 대한 기피 신청을 하자고 했다. 나도 동감을 표시했다. 대개 법관에 대한 기피 신청은 변호인이 신청하고 그 이유를 서면 또는 구두로 밝히는 것이 관례처럼 되어 있었다. 그래서 나는 기피 신청과 그 이유 진술을 마음속으로 준비하고 차에서 내렸다. 그런데 법정이 열리자 디제이 자신이 직접 재판장에 대한 기피 신청을 하면서, 그 이유를 막힘없이 진술하는 것이 아닌가. "이상과 같은 이유로 형사소송법 제 몇 조에 의하여 재판장에 대한 기피 신청을 하는 바입니다." 여기까지 혼자 다 하는 것이었다. 참 철저했다. 반면에 변호인들은 더이상 할말이 없었다. 그 기피 신청은 당시로서는 이례적으로 받아들여져서 사건 담당 재판장이 교체되었다.

승낙도 사양도 한 적이 없는 감사원장 자리

1997년 12월의 대통령선거에서 디제이가 대통령으로 당선되어 '국민의 정부'를 만들 때, 많은 인사들이 새 정부 요직의 물망에 올랐다. 나는 '물망'의 허망함을 잘 아는 터여서 "물망이란 무엇이뇨? 그것은 물만 먹다가 망하는 것이다"라는 명언을 창작한 사람이기도 하다. 그런 내가 감사원장 후보 물망에 오르게 되었으니, 좀 착잡하게 되었다. 하루가 멀다 하고 신문 방송에서 이름이 오르내리는데, 나 혼자가 아니라 복수로 띄워보는 듯했다. 청와대에서 무슨 타진이나 기별이 오는 것도 아닌데 언론 보도만 보고 그쪽에다 무슨 말을 할 수도 없었다. 2월도 중순이 넘어서야 청와대 비서실장으로부터 전화가 걸려왔다. 첫마디가 "그동안 언론 때문에 피곤하셨지요?"였다. "내가 감사원장 열 번은 한 것 같네요"라고 하자, "조금만 더 기다려주십시오. 죄송합니다"라고 하면서 전화가 끊겼다. 지명이나 승낙 이야기는 전혀 없이 넘어갔으니, 나로서는 뭐라고 말할 기회도 없이 어느 날 일방적인 지명 발표가 나왔다. 김종필 국무총리와 함께 '서리' 임명장을 받고 몇 달이 지나도 야당의 거부로 임명동의안 처리가 안 된 채 '서리 논쟁'이 계속되었다. 이른바 '디제이피(김대중과 김종필) 연합'으로 정권을 빼앗겼다는 생각에서 제이피에 대한 야당의 감정이 격해져 있었던 참이었다.

어느 모임에서 제이피가 말했다. "나 때문에 한원장까지 서리를 못 떼고 있어서 미안하다. 그런데 웬 놈의 서리가 오뉴월이 지나도 그냥 남아 있는지 모르겠다." 내가 화답을 겸해서 입을 열었다. "무슨 서리이건 7, 8월이 되면 지가 안 없어지겠어요?" 과연 8월에 가서 '서리' 딱지가 떨어졌다.

보청기에 얽힌 사연

나는 육십대로 접어들면서 청각이 약해져서 남모르게 불편을 느껴왔다. 만일의 실수가 두려워서 언제부터인가 생방송은 피하게 되었다. 방송사측에 생방송을 고사할 때면, "난 절반밖에 안 들려서, 무슨 값을 치를 때도 만 원 내라면 오천 원만 낼 때도 있다"고 엄살을 부리곤 했다.

한번은 '동교동'의 응접실에서 디제이와 환담하던 중, 내가 청력 저하의 고충을 말씀드렸더니, 즉석에서 자신의 귀에 끼고 있던 보청기를 뽑아주면서 한번 끼어보라고 하신다. 받아서 끼어보니 확실히 잘 들린다. 디제이는 그 자리에서 보청기 회사로 전화해 나를 소개해주셨다. 그 무렵에 나는 사법제도개혁추진위원회 위원장을 맡고 있어서, 자주 회의를 주재하거나 행사에 나가서 발언해야 할 일이 있어서 보청기가 절실히 필요했던 참이었다.

디제이가 소개해주신 보청기 회사에 가서 보청기를 맞추어 귀에 꽂았더니 아주 효과가 좋았다. 그후 디제이의 노벨평화상 수상 5주년을 기념하는 행사 때, 나는 그 준비위원장이 되어 일을 했다. 그 행사에는 디제이와 교분이 깊은 독일의 바이츠제커 전 대통령이 참석해서 기념식이나 만찬 때에는 나도 헤드테이블에 동석을 했다. 식순에 따라 행사가 진행중인데, 디제이의 비서관이 내게로 오더니, 혹시 보청기 배터리가 있느냐고 귓속말로 묻는다. 나는 재빨리 눈치를 채고, 주머니에 넣고 다니던 비상용 보청기 배터리를 뽑아서 내주었다. 테이블 맞은편에 앉은 디제이가 의미 있는(?) 미소를 보내주셨다.

그뒤 또 한번 디제이가 똑같은 위급(?)에 처했을 때 도움을 드린 적이 있는데, 그후로는 만일의 경우에 대비해서 반드시 보청기 배터리를 넣고 다녔다. 디제이의 보청기가 같은 회사의 동종의 보청기라서 그런 긴급 구조가 가능했던 것이다. 그러나 이제 그 어른을 위해서 보청기의 비상용 배터리를 갖고 다닐 필요는 없게 되었다.

난데없는 '일본통'이 되어

1997년 겨울의 대통령선거에서 승리한 디제이는 역사상 최초의 여야 간 수평적 정권 교체라는 격동 속에서 취임했다. 그런데 취임식(다음해 2월 25일)에 해외 동포와 외국 인사를 초청하는 문제로 그야말로 문제가 생겼다. 일본 각계 인사와 재일 한국인 중 오랫동안 디제이의 구명운동에 나섰거나 한국의 민주화를 위해서 활동한 사람들은 모두 '반한 인사'로 낙인이 찍혀서 입국이 금지되어 있었기 때문이다. 국내 정보기관이나 주일 한국대사관은 민주인사나 일본의 친디제이 인사의 '불허'를 되뇌던 구정권 때 그대로였다. 그보다 더 기막힌 일은 초청인사 명단조차 작성이 어려운 점이었다. 정권 교체의 과도기인데다 일본 내에서 한국의 민주화 지원 내지 디제이 구명을 위해서 기여한 인사들을 파악하고 있는 사람이 국내에 별로 없었던 것이다. 그동안 유신정권을 지지하고 민주세력을 용공으로 몰아붙이던 재일 민단의 전·현직 간부들은 대통령 취임식 초청장을 이미 받아놓고 있는데, 정작 그들과 맞서 한국의 민주주의와 디제이의 목숨을 살리자고 거리에까지 나섰던 이들은 취임식에도 못 온다는 역설이 현실로 빚어질 판이었다.

매우 다급했던지 청와대에서 나에게 협조 요청이 왔다. 난들 일본의 판도를 다 아는 것은 아니지만, 그쪽 단체나 인사들과 지면이 좀 있고 교류가 있어서 아는 범위 내에서 초청자 명단 작성에 도움을 주었다. 그리고 당시 안기부장과 주일대사관에도 알아듣게 설명을 해서 대통령 취임식장에 올 만한 사람들이 와서 함께 기쁨을 나눌 수가 있었다. 그때 일본인 목사 한 분은 실로 25년 만에 한국 방문을 하게 되었다면서 기뻐했다.

변호인의
'관대한 처분' 변론에
불복 항소한
신학 교수

김찬국 목사

김찬국
金燦國, 1927~2009

김찬국 목사는 1927년 경상북도 영주에서 태어났다. 1950년 연희대학교(현 연세대학교) 신학과를 졸업했고 이후 동대학 대학원을 거쳐 미국 유니언신학교 대학원에서 1954년 석사학위를, 1980년 모교에서 박사학위를 받았다. 부산 피난생활중 배재중고등학교에서 교사로 일했고 연희대학교에서 학생들을 가르치는 등 후학 양성에 힘썼다.

1964년 대한 YMCA연맹 대학생부 위원장을 시작으로 사회운동에 참여해 평화시장 대책위원회 위원장, 인천 동일방직 긴급대책위원회 부위원장, 한국기독교사회문제연구소 이사 등으로 활동하며 1970년대 치열했던 인권운동과 노동자투쟁을 함께했다.

1974년 4월 긴급조치 1호와 긴급조치 4호 위반 혐의로 구속돼 군사재판에서 징역 5년, 자격정지 5년형을 선고받고 복역했다. 가족의 면회조차 불가했던 이 시기에도 유일하게 내보내고 들여올 수 있는 빨랫감의 팬티 속 고무줄에 소식을 적어 아내와 주고받은 사연이 세인의 심금을 울리기도 했다.

1975년 2월 형집행정지로 석방됐으나 정부의 강요로 연세대에서 강제해직당했다. 1980년 3월 복직했으나 신군부정권이 집권해 다시 해직당하고 1984년 복직했다. 이처럼 시대상황에 따라 복직과 해직을 반복한 끝에 1992년 연세대 부총장으로 정년퇴임했다.

1993년부터 1999년까지는 재단 문제로 위기상황에 놓인 상지대학교의 총장이 되어 구재단과의 갈등, 교과부의 표적 감사 등으로 혼란했던 학내 분위기를 쇄신했으며 학원 정상화를 위해 힘썼다.

해직교사 서울위원회 공동대표, 한국기독자교수협의회 회장, 한국기독교교회협의회 인권위원장, 민주유공자장학재단 회장,

한국신학연구소 이사 등을 지낸 김찬국은 2009년 8월 19일 뇌졸중으로 별세했다.

학생 선동 혐의로 옥고를

김찬국 목사님은 연세대학교 교수이면서 박정희 정권의 유신독재를 반대하는 민주화운동에 나섰다가 해직되기도 하고, 1974년의 대통령 긴급조치 4호를 들이댄 '민청학련 사건' 때는 학생 선동 혐의로 옥고를 치르셨다. 바로 그 김찬국 목사님께서 얼마 전 하늘나라로 가셨다.

그럼 유신헌법의 정체는 어떤 것이었는가? 1972년 10월 17일, 박정희 대통령은 '특별선언' 하나로 소위 '유신체제'를 선포한다. 난데없는 계엄령을 선포하고, 헌법의 효력 정지, 국회 해산, 정치활동 금지, 각 대학의 휴교, 언론의 사전 검열을 강행한다는 등의 조치가 잇따랐다.

유신헌법 개헌운동을 징역 15년으로

국가 3권을 대통령 한 사람이 독점하는가 하면, 대통령을 국민의 직선 아닌 통일주체국민회의('통대')에서 간접선거로

뽑는다는 내용의 유신헌법안을 국무회의에서 의결한 뒤 국민투표를 거쳐 공포한 것이 '유신헌법'이었다. 박정희가 바로 그 유신헌법대로 '통대'에서 대통령으로 '선출'되어 불법으로 집권을 하게 되자 국민들의 유신헌법 반대운동은 매우 광범화되고 격렬해졌다.

그러자 박정권은 1974년 1월 8일, 유신헌법을 반대하거나 그 개정운동을 하는 사람을 징역 15년에 처한다는 '대통령 긴급조치 1호'라는 것을 선포한다.

그것은 법률로도 처벌할 수 없는 국민의 개헌운동을 대통령 명령 하나로 처벌하겠다는 기상천외의 '괴물'이었다. 그러나 이에 굴하지 않고 종교계를 비롯한 국민 각계에서 반유신 개헌운동이 그야말로 요원의 불길처럼 번지자, 긴급조치 1호만 가지고는 안 되겠다고 판단한 박정권은 이번에는 그보다 훨씬 강도가 높은 긴급조치 4호를 선포한다.

"관대한 처분" 운운의 변론에 격분

이 조치는 민주청년학생총연맹(민청학련)에 가입하거나 동조하는 것을 금지하고, 그에 위반하는 자는 영장 없이 체포하며, 비상 군법 회의에서 사형, 무기 또는 5년 이상의 징역에 처한다는 황당한 내용이었다. 심지어 학생들의 결석, 시험 거부, 학교 내 집단행동까지도 정당한 이유가 없으면 역시 똑같은 처벌을 할 수 있다는 것이었다.

실제로 박정권은 민청학련에 관련된 청년 학생들을 '폭력에 의한 정부 전복을 시도했다'는 이유로 천 명 이상을 검거했는데, 거기에 이상하게도 연세대학교의 김동길 교수와 함께 김찬국 교수가 포함되어 있었다. 민청학련 관련 학생들에게 유신 반대를 선동했다는 혐의였다.

비상 군법 회의 제1심에서 나는 김동길 교수의 변호만 맡았다. 두 분을 다 변호하려 했으나, 김목사님은 가족측에서 이미 다른 변호사를 선임했던 것이다.

당일치기 재판에서 김동길 교수에게는 징역 15년, 김목사에게는 징역 10년이 구형되었는데, 김목사님의 변호인은 "피고인은 한국적 민주주의를 잘못 인식하고 있었기 때문에 본건 범행에 이른 것이니 관대한 처분을 바란다"는 요지의 변론을 하였다. 그 무렵 군법 회의 법정에선 관대한 처벌을 구걸하는 식의 변론은 오히려 희한한 편에 속했다. 물론 김목사의 소신과도 전혀 다른 변론이었다. 훗날 김목사는 "속으로 저건 아닌데, 싶었다. 불만스러웠다. 유신헌법을 반대하는 나의 뜻과는 달리 '김찬국 피고인은 미국과 영국 등지에서 공부했기 때문에 서구적 민주주의는 잘 알지만, 한국적 민주주의는 잘 이해하지 못하고 있다. 관대하게 판결해 달라'는 요지로 변호를 하였으니"라고 했다.

판결 아닌 변호에 불복, 항소

김목사는 화가 났다. 한국적 민주주의를 잘 몰라서 그랬으니 관대한 처분을 바란다니, 이건 자신에 대한 모독이라고 생각했다. 그래서 바로 항소를 하였다. 말하자면 판사의 판결 아닌 변호사의 변론에 불복하여 항소를 한 셈이었다. 그는 나더러 항소심에 가서 1심의 그런 변론을 뒤집고 자기의 소신을 강력히 대변해달라고 했다. 물론 나는 항소심 법정에서 그의 소원(?)을 풀어주었다. 그는 최후진술에서 예수의 부활 사건에 대해 말했다. 빌라도 총독이 예수님의 무덤 돌문에 '봉인'이라는 긴급조치를 해놓고 군인들로 하여금 지키게 하였으나, 마침내 돌문은 열리고 예수님은 부활하셨듯이, 진리는 그것을 가두어놓고 긴급조치로 틀어막는다 해도 기어코 부활할 것이라고 당당하게 진술했다. 그리고 끝으로 "나는 감옥에 남아도 좋으니 젊은 청년 학생들만은 반드시 석방시켜주기 바란다"는 호소도 잊지 않았다. 그런데 항소심의 형은 1심의 10년 징역에서 절반(5년)이나 깎였으니 뜻밖이었다.

석방 후 해직, 복직을 반복하다가

긴급조치 위반으로 복역하던 사람들이 1975년 2월에 특사로 전원 풀려나올 때, 김목사님도 석방이 되었으나 정부의 강요로 연세대학교에 돌아가지는 못하고 이른바 '해직교수'가 된다. 1979년의 10·26사태 후 1980년 3월, 대학에 복직되었다가 다시 또 해직 복직을 반복하던 끝에 1992년에 그 대학을 정년퇴임한다.

해직 기간에는 해직교사 서울위원회 공동대표, 한국기독자교수협의회 회장, 한국기독교교회협의회 인권위원회 위원장을 역임하는 등 재야 민주화운동의 중심에서 고달픈 싸움을 멈추지 않았다. 그런 와중에도 해직당한 '무직자'들이 출판했거나 저술한 신간 서적을 가방에 넣고 다니면서 책을 팔아주는 행상 노릇까지 하여 사람들을 감동시키기도 했다.

"책 안 읽었다"는 서평 유머

목사나 교수라는 신분에 따르기 쉬운 엄숙한 표정보다는 천진난만한 동안童顔의 밝은 웃음으로 사람을 대하곤 하시던 그는 실인즉 유머의 고수이기도 했다.

언젠가, 종로5가에 있는 기독교연합회관에서 한 재야인사의 출판기념회가 열렸을 때, 김목사님은 서평을 맡으신 것으로 순서지에 나와 있었다. 차례가 오자 목사님은 신간 책을 들고 단상으로 올라가셨다. "나보고 서평을 하라고 하는데, 실인즉 나는 이 책을 한 줄도 읽지 않았습니다." 이게 무슨 말씀인가? 장내는 웃음바다가 되었다. 역시 목사님이라서 솔직하시구나, 라는 소리도 들렸다. 그런데 그분의 말은 이렇게 이어졌다. "책은 하나도 안 읽었고, 그전에 원고를 다 읽었습니다." 이 얼마나 멋있는 반전인가?

첫날 강의에 네 명, 다음주엔 전교생(아홉 명)이

내가 김대중 내란음모 사건으로 두번째 징역살이를 하고 있던 1981년 봄, 김목사님의 수상집 『인간을 찾아서』가 교도소에 차입되었다. 그러나 교도소측은 그 책을 내 방에 넣어주지는 않았다. 그 이유를 따지자 교도관의 대답인즉, 그 책을 보면, 서울시의 청소부들이 생계비에도 못 미치는 보수를 받고 있다는 등 우리 사회의 어두운 면을 부각시켜놓은데다가 국론 분열의 우려가 있어서 '차입 불허'가 되었다는 것이었다. 그게 무슨 말이냐고 거세게 항의한 끝에 감방에서 그 책을 받아보게 되었는데, 그 안에 이런 실화가 실려 있었다.

해직 교수가 된 김목사님에게, 어느 대학에서 강의를 해달라는 요청이 들어왔다. 반가운 마음으로 수락을 하고, 정해진 날짜에 그 대학에 나가 강의실로 들어갔다. 거기엔 학생이 딱 네 사람 앉아 있었다. 그래도 기쁜 마음으로 신나게 강의를 하고 돌아왔다. 그런데, 그다음주에 학교에 나가 보니, 이번에는 '전교생'이 강의실에 들어와 있더라는 것. 그 '전교생'은 모두 합쳐서 아홉 명이었다고 한다. 어느 신학대학의 대학원이었던 것 같다.

김도 있고, 찬도 있고, 국도 있다고

김목사님의 유머 18번은 이름 풀이였다. 자기에게는 '김'도 있고, '찬'도 있고, '국'도 있으니, 자기와 함께 식사할 때는 입만 가지고 오면 된다는 것이었다. 옛날 조선어학회에서 나온 『조선어사전』에 이름이 올라 있는 사람은 자기밖에 없다는 자랑도 하셨다. 실제로 그 사전을 찾아보니 '김찬국'이라는 음식 이름이 나와 있었다.

여간해서 심각하거나 화난 표정을 보이지 않으시고, 모든 사람에게 용기와 위로와 화평을 주시던 성직자, 그리고 사모님과의 만년 밀월로 정평이 나 있는 영원한 청년. 긴급조치 사건으로 삼각지에 있는 군 막사에서 군법 회의가 열렸을 때, 그 숨막히는 우환중에도 군 막사로 쓰는 한 퀀셋 안에서 내외분이 전광석화 같은 밀회를 하고, 뜨거운 포옹도 했노라고 훗날 목사님께서 흥겹게 자랑을 하시던 영화 같은 이야기도 있다. 훗날 상지대학교 총장으로서 대학의 민주적 정상화에도 힘을 기울이셨다.

김목사님의 그 신앙과 신념, 용기와 웃음, 우리 남은 자들의 마음에 깊이깊이 새겨지기를 빈다.

청빈과 지조로
일관한
한국 언론의 초상

송건호 선생

송건호

宋建鎬, 1927～2001

송건호 선생은 1927년 9월 27일 충청북도 옥천에서 태어났다. 중농의 가정에서 태어나 부족함 없이 자랐으며 보통학교 입학 전에는 한학을 배웠다. 1940년 상경해 한성상업학교에 진학했고 1946년에는 서울대학교의 전신인 경성법학전문학교에 입학했으나 한국전쟁으로 학업을 중단했다가 종전 후 복교했다. 재학중 대한통신사 기자 공채에 지원해 외신부 공채 기자로 입사했다. 조선일보, 한국일보, 자유신문, 세계일보, 경향신문 등 주요 신문사를 두루 거치며 논설위원으로 경력을 쌓았고 1974년 동아일보 편집국장에 취임했다.

당시 동아일보 기자들은 언론을 통제해온 박정희 정권에 맞서 10월 24일 '자유언론실천선언'을 발표함과 동시에 언론 자유 수호를 위한 투쟁에 나섰다. 이에 박정희 정권은 동아일보에 광고를 싣지 못하도록 광고주들을 압박하는 등 탄압을 가해 송건호는 경영진과 기자들 사이에서 중재 역할을 도맡았다. 결국 신문사측이 1975년 자유언론실천선언에 참여한 기자 백삼십여 명을 해고하자 이에 동의할 수 없었던 송건호는 자진해서 사임했다.

신문사를 떠난 송건호는 정권의 숱한 유혹을 뿌리치며 집필에 전념했다. 『한국 민족주의의 탐구』 『한국현대사론』 등을 연이어 펴냈다. 1980년 김대중 내란음모 사건에 연루돼 6개월 실형을 살고 나와서는, 해직 언론인들과 함께 민주언론운동협의회를 구성했다.

1984년에는 시사월간지 『말』 창간에 힘을 보탰다. 『말』을 통해 사회의 불의, 부패, 모순 등을 알리고 저항 언론의 불씨를 지폈고 1986년 9월 '보도지침'을 폭로해 정권의 언론 통제 실상을 알려 사회민주화에 기여했다. 민주화항쟁 후 권력과 자본에서 자유로운 언론의 필요성을 절감한 시민들과 함께 1988년 한겨레신문을 창간했다. 이후 한겨레신문사를 이끌며 숱한 외압으로부터

언론의 독립성을 지켰다.

2001년 12월 21일 파킨슨병으로 세상을 떠나 국립 5·18민주묘지에 안장됐다. 2001년 청암언론문화재단이 설립됐고 2002년에는 송건호언론상이 제정돼 언론 민주화에 평생을 바친 그의 뜻을 기리고 있다.

식자인다운 처신

황매천黃梅泉 선생은 을사조약의 체결에 이어서 한일합방이라는 망국의 비보를 접하고 기어이 음독 순국한다. 그때 그가 남긴 「사세시辭世詩」에 '추등엄권회천고秋燈掩卷懷千古 난작인간식자인難作人間識字人'이란 대목이 있었으니, 사람으로서 선비 노릇하기가 얼마나 어려운 일인가라는 뜻이었다.

언론인은 분명 '식자인'이고 보면, 무슨 일에나 선비다워야 하고, 지사형의 인간, 즉 지성인이어야 마땅하다. 언론 자유가 짓밟힌 암흑기에 선비다운 처신을 여기서 배워야 한다.

청암靑巖 송건호 선생은 매천 시에서 말하는 식자인다운 처신을 남기신 분이다.

그분은 8·15해방 직후인 1946년 경성법학전문학교에 입학했으며, 1956년 서울법대 행정학과를 나온 뒤 여러 언론사를 거치면서 혼란스러운 시대와 함께 많은 풍상風霜을 겪었다. 특히 1970년대 후반, 동아일보 편집국장 재직시에는 그의 정부 비판적인 언론에 대한 회유책으로 박정희 정권으로부터 입각을 권유받기도 했으나 그는 단호히 거절하였다. 그리고 박정희 유신통치하에서 민주 언론을 지키고자 한 동아일보 기자들이 무더기 해고를 당하자 선생은 편집국장 자리를 박차고 나와 젊은 기자들의 자유 언론 투쟁의 대열에 앞장섰다. 이어서 동아일보사와 조선일보사의 해직 기자들이 주축이 된 민주언론운동협의회 회장을 맡기도 하였다.

1979년 '10·26사태' 이후에 그는 이른바 '김대중 내란음모사건'으로 계엄 군법 회의에 회부되어 옥고를 치르기도 했다.

1988년의 한겨레신문 창간 때에는 국민모금에 의한 언론사 설립이라는 세계 언론사상 전례가 없는 사업의 중심에서 노심초사했다.

한겨레신문의 초대 사장으로

그는 그렇게 해서 설립된 한겨레신문사의 초대 사장을 맡아 6만 주주를 비롯하여 민주 언론을 갈망하는 국민들의 여망을 살리는 데 그야말로 심신을 바쳐 막중한 소임을 다했다.

나는 그 신문의 초대 창간위원회 위원장으로 있으면서 신문사 안팎에서 겪어야 했던 그의 고충을 이해할 수 있었다. 1988년의 서경원 의원 입북 사건과 그다음해의 리영희 교수의 방북취재 기획 사건 등에서는 정부의 폭력적 탄압에 대해 사원들의 힘을 결집하여 강경하게 대응했다.

1993년 신문사를 떠난 뒤에는 전두환 정권의 정보 수사기관에 끌려가서 겪은 고문의 후유증으로 병석에서 오랜 고생을 하던 끝에 2001년 12월 21일에 세상을 떠나셨다.

그는 독재와 싸우는 와중에도 『한국민족주의의 탐구』 『한국현대사론』 『해방전후사의 인식』(공저) 등 많은 저서와 논문을 남겼다.

필화 사건의 증인으로 법정에

선생은 필화 사건의 증인으로 법정에 나가서 검사의 주장을 반박하고, 그릇된 색깔론을 책망하는 등 용기 있는 증언을 해서 더욱 존경을 받았다. 1974년의 세칭 『다리』 반공법 필화 사건에서도 그는 힘겨운 증언을 회피하지 않았다. 당시 검찰은 월간 『다리』에 실린 문학평론가 임중빈씨의 학생운동에 관한 논문이 서구의 뉴레프트운동을 거론함으로써 반국가단체를 이롭게 했다고 주장하였다. 이에 변호인측은 송건호, 남재희 등 언론인과 구상(시인), 김상현(정치인) 등을 피고인측 증인으로 신청하였고, 다행히도 판사는 이를 모두 채택하였다. 그리고 그 네 분은 누구도 주저함이 없이 법정에 출석하여 소신껏 증언을 함으로써 피고인들에 대한 잘못된 혐의를 벗겨주었다.

송선생은 프랑스의 5월혁명이나 미국의 뉴레프트는 공산주의운동과는 성격이 판이하며, 반드시 정치적인 면에서 친공세력이라고 볼 수는 없다고 하면서, 임중빈씨의 논문은 우리나라에서 허용되는 언론의 범위를 조금도 벗어나지 않은 것이라고 증언하였다. 그는 또 우리가 매사를 용공이냐 반공이냐 하는 이분법식으로 나누어 생각하다보면, 어떤 사조나 인물을 곡해하기 쉬운 위험에 빠지게 된다고 역설하였다.

이런 증언이 주효하여 『다리』 사건의 피고인들은 1심에서 대법원까지 내리 무죄판결이 선고되어 큰 파문을 일으키기도 했다. 속칭 공안 사건에서는 보기 드물게 그처럼 무죄판결이 연달아 나오자, 한 보수 신문조차도 "반공법 대 언론 자유의 싸움은 언론 자유의 승리로 끝났다"라고 대서특필하였다. 그러나 걱정했던 대로 1심 재판을 맡았던 목요상 판사(훗날 국회 법사위원장)가 '옷을 벗는' 사태를 일으켜 훗날 사법파동으로 비화되는 불씨가 되기도 하였다.

그가 고난에 얽힌 이 세상을 하직하셨을 때, 사회장 장례위원회 위원장인 나는 이런 조사를 남겼다.

그분의 사회장에서 읽은 나의 조사

청암 선생의 고결한 생애에 대해서는 우리 모두가 익히 아는 바이거니와, 고인께서는 우리에게 참으로 많은 깨달음과 가르침을 주고 가셨습니다.

선생께서는 청빈淸貧의 어려움, 직필直筆의 어려움, 박해迫害 수난의 어려움 등 이 세상의 온갖 고난 풍파를 이겨내시고, 평생을 선비의 길, 지사志士의 길, 참된 언론인의 길, 의로운 자의 길을 걸어가셨습니다.

불의한 시대의 어둠 속에서 우리의 갈 길을 밝혀주신 스승이요, 양심의 기둥이셨던 선생께서 이렇게 떠나시고 나니, 그 빈자리가 너무도 넓고 크게 느껴집니다. 고인께서 염원하시던 민주적이고 정의로운 세상을 이룩하는 일이 우리가 선생의 유업과 유덕을 기리는 참된 길이라고 믿습니다.

선생님 같은 분을 이제 어디에서 만나볼 수 있겠습니까. 그처럼 담백하시고, 소탈하시고, 그러면서 신념, 겸손과 무욕無慾의 경지를 일관되게 지켜오신 그 삶이 한없이 그리워집니다.

『송건호 전집』과 송건호언론상

정부는 고인에게 국민훈장 무궁화장을 추서했으며, 유해는 국립 5·18민주묘지에 안장되었다. 그리고 유족과 각계 인사를 중심으로 하여 설립된 청암언론문화재단에서는 한겨레신문사와 공동으로 매년 송건호언론상을 시상하고 있다. 또한 17주기를 맞아 생가가 있는 옥천에 선생의 흉상을 안치하고 그 제막식을 거행한 바 있다.

2002년에 『송건호 전집』(20권, 한길사)이 나왔고, 2018년에는 선생에 대한 기사, 자료, 자전, 평전 등을 집대성한 『청암 송건호』가 청암언론문화재단에서 출간되었다.

우상에 도전한
이성의 역정

리영희 교수

리영희

李泳禧, 1929~2010

리영희 교수는 1929년 평안북도 운산에서 태어났다. 대관공립보통학교를 졸업하고 서울의 경성공립공업학교에 진학했으나, 넉넉지 못한 가정형편 때문에 유학생활 내내 어려움을 겪었다. 이 때문에 학비와 숙식비 전액을 국가가 부담하는 국립해양대학교에 진학해 졸업 후 경북 안동중학교에서 영어 교사로 근무하다가 한국전쟁이 발발해 입대했다. 유엔군 연락장교단 통역관으로 1957년까지 복무한 뒤 육군 소령으로 예편해 합동통신 외신부 기자로 입사하며 언론인으로 활동을 시작했다.

조선일보와 합동통신 외신부장을 역임하는 등 한국과 국제 정세를 냉철하게 기록하며 활약했다. 박정희, 전두환, 노태우로 이어지는 군사정권과 대립하며 네 차례의 해직, 아홉 번의 연행, 다섯 번의 기소유예, 1012일의 감옥살이를 겪었다.

베트남전쟁에 대해 비판적인 기사를 작성해 조선일보에서 해직돼 합동통신으로 옮기나 1971년에는 박정희 군부독재와 학원 탄압에 저항해 '64인 지식인 선언'에 참여해 강제 해직됐다. 1972년부터 한양대학교 신문방송학과 교수 겸 중국문제연구소 연구교수로 재직했으나 1974년 사회비평서 『전환시대의 논리』를 펴내 사회적 파장을 일으키자 1976년 교수재임용법에 의해 강제 해임됐다.

그 이듬해 『우상과 이성』 『8억 인과의 대화』를 출간하고는 반공법 위반으로 구속 기소돼 2년간 복역했다. 1980년 출소 후 한양대에 복직했으나 광주민주화운동의 배후 조종자라는 혐의로 구속돼 해직됐다. 1985년 일본 도쿄대학교의 초청을 받아 사회과학연구소 객원교수로 연구에 참여했고 1987년에는 미국 버클리대 아시아과 부교수로 초빙되어 '평화와 갈등' 특별 강좌를 진행하기도 했다. 1988년 한겨레신문이 창간될 때 비상임이사 겸 논설고문이 돼 1989년 한겨레신문 창간 1주년 기념으로 방북취

재를 기획했다가 국가보안법 위반으로 체포돼 또다시 옥살이를 했다.

1995년 한양대 정년퇴임 후에도 집필활동을 계속하나 2000년 말 뇌졸중으로 쓰러져 투병했다. 이에 저술활동은 자제하나 지속적으로 사회 참여를 하는 등 '실천적 지성'으로서의 행보를 이어갔다. 2010년 12월 5일 지병으로 별세했다.

지조 있는 지성인답게

『전환시대의 논리』란 저술로 1970년대 이후 이 땅의 대학가와 지식인 사회를 풍미했던 리영희 교수. 나는 그의 변호인이었고, 공동피고인이었고, 석방 현장의 마중 품앗이꾼이었습니다. 다 같은 전과자 또는 실업자로서 '으악새'란 모임의 멤버였는가 하면, 앰네스티 운동과 아울러 테니스 운동도 함께했으며, 싸구려 선술집에서 '으악새'(고복수의 〈짝사랑〉)를 음정 박자 무시하고 열창하면서 박정희 정권의 석양을 함께 지켜보며 살아온 사이였습니다.

리교수님은 박정희 독재정권의 탄압의 마수에 걸려 거듭 필화를 당했습니다. 『8억 인과의 대화』는 소위 판금販禁을 당했고, 『우상과 이성』은 형사 사건으로 번져서 2년 동안이나 옥고를 치르기도 했습니다.

그러나 그는 오랜 세월 그처럼 포악한 광풍을 이겨내고, 지조 있는 지성인답게 자랑스러운 연륜을 쌓아오셨습니다.

그는 나라의 걱정을 함께하고, 고난을 함께하고, 또한 조국의 현실을 더불어 아파해온 모든 분들의 흠모와 사랑과 존경을 받아왔습니다.

탐욕과 패도覇道에 눈이 먼 자들의 광란이 이 땅을 어지럽힐 때, 그 많은 사람들이 침묵하거나 추종하면서 제 나름의 변명을 창작하고 있을 때, 리교수만은 곧고 바른 선비의 길, 스승의 길을 지켜오셨습니다.

저는 선생의 회갑 기념 문집의 헌정사에 썼던 이 말을 오늘의 젊은이들에게 들려주고 싶습니다.

'남산' 지하실의 동기생

리교수님과 저는 박정희 대통령이 암살된 '10·26사태'에 접속된 1980년 봄, 소위 김대중 내란음모 사건의 조작으로 '5·17사태'의 광기가 온 나라를 휩쓸 때, '남산' 지하실에 끌려가 함께 고초를 겪은 '동기생'이기도 합니다. 저도 그때 '조연급'으로 스카우트되어 감방살이를 했기 때문입니다.

1989년 초, 한겨레신문의 방북·취재 기획 사건으로 그가 구속되었을 때, 저는 그의 변호인으로 나섰습니다. 1987년의 '6월항쟁' 이후 민주화의 열기와 통일 논의가 활성화되는 분위기 속에서 대통령 노태우는 이른바 '7·7선언'을 발표했습니다. 남북 대결을 지양하고 상호 교류 왕래를 함으로써 통일의 여건을 조성한다는 명분이었습니다.

이에 한겨레신문사 내에서는 북한 취재에 대한 논의와 탐색이 시작되었고, 1989년의 한겨레신문 창간 1주년 기념으로 북한 취재를 감행하기로 내부 논의가 성숙되었습니다. 그러던 중 대북 교섭을 맡았던 일본측 인사가 한국에 와서 구체적인 방안을 협의하는 와중에 남한 당국에 정보가 누설되고 말았습니다.

검찰측은 리교수를 '반국가단체 지배지역으로의 탈출 예비죄'(국가보안법 위반)로 구속 기소했습니다. 리교수의 반유신 정론을 침묵시키기 위한 지능적 탄압이었습니다. 법원은 그 무렵에 흔히 그러했듯이 무죄선고는 감히 하지 못하고 어정쩡하게 징역 1년 6월에 2년간 집행유예를 선고했습니다.

'으악새'의 면면들

그와 나는 전과자가 되었거나 직장에서 추방된 지식인들이 어울린 '으악새 모임'의 한 형제로서, 기막히고 웃기는 사연들이 적지 아니 쌓여갔습니다. 우리는 피차 추방당한 몸으로 울분을 달래거나 서로의 격려를 겸하여 골목집을 드나들며 고복수의 〈으악새〉를 떼창하던 시절을 잊을 수가 없습니다.

아울러 오늘 이 자리가 리교수님을 흠모하고 축복을 드리는 자리일 뿐 아니라, 지금껏 의로운 수난과 핍박의 아픔 때문에 괴로워하고 있는 많은 분들에게도 위로와 힘이 되고, 이 겨레의 하나됨과 민주주의를 열망하는 동포들에게 소망과 다짐을 안겨주는 계기가 되기를 간절히 바랍니다.

궁금해하실 분들을 위해 '으악새' 멤버의 실명을 밝히자면 이러합니다.

한양대의 리영희 교수를 비롯하여 서울대의 한완상 교수, 정치인 김상현 의원, 동서문제연구소의 이상두 위원, 『다리』 사건의 윤형두 사장, 성균관대학교의 장을병 총장, 그리고 저 한승헌 등이 그 '일당'이었습니다. 모두가 박정희의 유신통치에 저항하다가 추방당하여 실업자 신세가 된 '글쟁이'들이었습니다.

우리는 재야나 운동권의 모임에도 나가고, 그냥 모여서 식사를 하기도 했으며, 싸구려 술집에 들러 세상 개탄을 하거나 정보를 털어놓기도 하고, 거나해지면 노래도 불렀습니다.

테니스를 치는 것도 소일과 재미로 즐거웠습니다. 그러다 무슨 사단이 생기면 성명이나 집회에 참여하기도 했습니다. 그러다보니 우리는 동지이자 형제의 정을 나누는 사이가 되었습니다. 그것은 피차 추방당한 몸으로 울분을 달래며 서로 격려하는 장이 되었기 때문입니다.

소망과 다짐을 안겨주는 수난자의 길

그 시절에 저는 조병화 시인의 이런 시를 들려주기도 했습니다. 『인간고도』라는 그의 시집의 맨 첫머리에 나오는 서시序詩의 한 대목입니다.

> 무리를 잃은 사람들은 외로움을 안다. 그러나 이 외로운 사람들끼리 또하나의 무리를 서로 감지할 땐 이미 이 외로움

은 외로움이 아니다.

오늘 이 자리가 리교수님을 흠모하고 축복을 드리는 자리일 뿐 아니라, 지금껏 의로운 수난과 핍박의 아픔 때문에 괴로워하고 있는 많은 분들에게 위로와 힘이 되고, 이 겨레의 재통일과 민주주의를 열망하는 동포들에게 소망과 다짐을 안겨주는 계기가 되기를 간절히 바랍니다.

감사합니다.

껍데기와 쇠붙이를
거부한 시인의
조국 사랑

신동엽 시인

신동엽

申東曄, 1930~1969

신동엽 시인은 1930년 충청남도 부여에서 태어났다. 어려운 가정형편 속에서 보통학교를 마친 뒤, 학비가 지원되는 전주사범학교에 진학했으나 중퇴 후 단국대학교 사학과에 입학했다. 그러나 이듬해 한국전쟁이 발발하면서 귀향했다.

부여를 점령한 인민군의 요구로 신동엽은 두 달여간 민주청년동맹 선전부장을 떠맡았다. 하지만 곧 전황이 뒤바뀌어 수복되자 신동엽은 국민방위군에 소집돼 전쟁터에 끌려갔다가 1951년 병든 몸으로 집에 돌아왔다.

어느 정도 몸을 회복한 뒤 대전으로 떠나 전시연합대학에서 학업을 이어갔으며 1953년 단국대학교 사학과를 졸업했다. 졸업 후 서울에서 헌책방을 잠시 운영하다가 1958년부터 충남 보령의 주산농업고등학교에서 학생들을 가르쳤다.

1959년 조선일보 신춘문예에 「이야기하는 쟁기꾼의 대지」가 입선되어 등단한 신동엽은 1961년부터 서울 명성여고에서 학생들을 가르치면서 시작활동을 계속했다. 1960년 4·19혁명을 『학생 혁명 시집』을 통해 찬양했을 뿐 아니라 시대의 아픔을 담은 작품들을 써갔다. 1963년 시집 『아사녀』를 출간했고 1967년에는 동학을 소재로 한 장편 서사시 「금강」을 발표했다. 시 외에 시극에도 관심을 가져 1965년에 〈그 입술에 패인 그늘〉이 최일수 연출로 국립극장에서 상연되었고, 1968년에는 오페레타 〈석가탑〉이 상연됐다.

신동엽은 간암으로 1969년 4월 7일 별세했다. 그가 세상을 떠난 후 미처 발표되지 못한 시를 그의 아내가 대신 발표했다. 1975년 『신동엽 시 전집』이 출간됐으나 박정희 정권이 긴급조치 9호 위반이라는 이유로 판매를 금했다. 시선집 『누가 하늘을 보았다 하는가』, 유고 시집 『꽃같이 그대 쓰러진』, 미발표 산문집 『젊은 시인의 사랑』 등이 간행되었다. 1982년 신동엽문학상이

제정되었으며 2013년 신동엽문학관을 개관해 그의 사상과 문학을 기리고 있다.

문인 부락과의 인연

1960년대 중반 이후, 나는 법조계 말고는 문학 분야의 단체에 이름을 얹고 있었다. 본시 단체 선호형이 아닌데, 문인 부락(문단)의 선배와 친구들의 권유로 한국문인협회, 국제펜클럽 한국본부, 한국현대시인협회, 한국수필가협회 등의 회원이 되었던 것이다.

그런 단체의 행사나 문인들과의 교분을 통하여 문학 동네의 풍토에 젖어보는 것이 좋았다. 다만, 문인단체의 선거를 둘러싸고 감투싸움에 파벌놀음까지 하는 사람들도 있어서 실망을 하기도 했다. 그래서 나는 한국문인협회에서 내는 『월간 문학』(1971년 1월호)에 「문학적 문인과 정치적 문인」이라는 글을 쓴 적도 있다.

라운드 클럽의 문인들

일반적인 문인단체가 아닌 순수한 친목 모임으로는 '라운

드 클럽'이 생각나는데, 거기엔 제법 많은 문인들이 모이다 보니, 문학의 여러 분야와 세대를 망라할 정도로 면면이 다채로웠다. 1970년 가을부터 매달 한 번씩 화양동에 있는 모윤숙 시인 댁에서 모임을 가졌는데, 분위기가 파격적일 만큼 자유분방했다. 남녀노소 간에 그야말로 허물이 없이 담론도 하고 놀이도 했다. 그러다보니, 내가 존경하는 안수길 선생님의 추천으로 문단에 나온 소설가 최인훈, 남정현, 박용숙씨 등과도 가끔 만났다. 사건 관계로 알게 되거나 친분이 두터워진 문인들도 꽤 있었다.

법정에 선 문인들의 변호

「분지」 사건의 남정현, 담시 『오적』 사건의 김지하, 소위 문인간첩단 사건의 이호철, 임중빈, 임헌영, 김우종, 장백일, 정을병, 『민중교육』 사건의 김진경, 윤재철, 송기원, 『다리』 사건의 임중빈, 윤형두, 남북작가회의 추진 사건의 고은, 『즐거운 사라』 사건의 마광수, 방북 사건의 황석영 등이 생각난다.

그런 친목 모임이나 사건 변호의 인연이 없이 친분을 갖게 된 문인으로는 신동엽과 박재삼을 들 수 있다.

내 사무실에 들르던 문인들

신동엽은 1959년, 조선일보의 신춘문예 시 부문에 「이야기하는 쟁기꾼의 대지」가 당선된 뒤, 문단 안팎에서 주목을 받게 된 시인이었다.

야간인 명성여고에 나가던 신동엽 시인은 낮에는 인천의 해변을 산책하면서 시간을 보내다가 내 사무실에 들러서 쉬기도 했다. 1967년에는 장편 서사시 「금강」이 실린 『신한국문학전집』을 들고 와서 밝은 표정으로 서명을 해준 적도 있다.

그 밖의 문인들과의 교분에서도 많은 배움과 깨달음과 보람을 얻을 수가 있었는데, 그것은 나의 행운이자 인복이었다.

그 시절 나의 법률사무소에는 젊은 문인들이 드나들었다. 지나가다가 잠시 들르는 사람도 있고, 내가 사무실에 없더라도 자리에 앉아서 신문이나 잡지를 읽거나, 더러는 원고를 쓰기도 하였다. 고은, 최인훈, 안동림, 신동엽 등의 모습이 떠오른다.

신동엽과 안동림, 문단의 비주류

신동엽은 앞서 본 대로 1959년 조선일보 신춘문예에 「이야기하는 쟁기꾼의 대지」가 당선되어 문단에 나왔는데, 1963년에 첫 시집 『아사녀阿斯女』를 내어 문명이 높아지고 있었다. 그는 문단 안팎에서 주목을 받고 있었지만, 문단의 인맥으로 치자면 비주류에 가까웠다. 나는 작가인 안동림을 통해서 신동엽과 가까워졌다. 안동림은 나보다 두 살 위인 1932년생으로, 평남 평원군에서 태어나 한국전쟁 때 단신 월남한 것으로 알려졌다. 1950년대에 소설가로 문단에 등장한 뒤, 신문기자와 번역가로 왕성한 활동을 하고 있었다. 노먼 메일러의 『나자와 사자』의 번역 신간을 가지고 와서 번역 출판에 얽힌 사연을 장황하게 이야기하기도 했다. 동양 고전에도 관심이 많아서 『장자』의 우리말 번역본을 가져다 주기도 했다.

「금강」이라는 장편 서사시

신동엽은 이미 말한 대로 1967년 12월, 장편 서사시 「금강」을 발표하여 주목을 끌었는데, 이 장시는 동학농민혁명을 주제로 삼은 작품으로 부여에서 시작되는 금강이 이 시인의 시심詩心을 지배했을 것이라고 보았다.

우리들의 어렸을 적
황토 벗은 고갯마을
할머니 등에 업혀
누님과 난, 곧잘
파랑새 노랠 배웠다.

이렇게 부드럽게 시작되는 장시라서 평자에 따라서는 서사시가 아닌 서정시라고 말하기도 했다. 그러나 제1장 첫머리는 이처럼 엄혹하다.

반도는
가는 곳마다
가뭄과 굶주림,
땅이 갈라지고 서당이 금갔다.
하늘과 땅을

후비는 흙먼지.

1862년
전봉준이 여덟 살 되던 해
경상도 진주에서
큰 농민반란이 일어났다.

동학농민혁명을 읊은 이 작품은 신동엽의 역사의식과 민중사상을 문학으로 형상화하는 데 성공한 명작의 자리를 굳혔다.

빗속에서 제막한 그의 시비 앞에서

그러나 「금강」이 세상에 나온 지 2년 뒤인 1969년, 이 시인은 40세의 나이에 병마로 세상을 뜬다. 그로부터 1년이 지난 1970년, 신동엽 시비詩碑가 부여 동남리 백마강 기슭에 세워질 때, 많은 문인들과 지식인들이 그의 시비 제막식 자리에 억수 같은 비를 맞으며 서 있었다. 물론 나도 여러 문인들과 함께 그 행사장에 있었다. 그날따라 어설픈 흐린 하늘에서 쏟아지는 빗줄기는 마치 이 시인의 세상을 향한 한恨처럼 멈출 줄 몰랐다.

고통스러웠던 그의 학창 시절

그의 삶은 참 고통스러웠다. 전주사범학교에 들어간 것도 가세가 빈곤한 터여서, 학비가 면제되고, 졸업한 뒤에 초등학교(그때는 '국민학교') 교사로 취직이 보장된다는 이점이 있었기 때문이었다. 어쩌면 내 형편과 똑같았다. 그러나 내가 그와 동문이 되지 못한 것은 나는 전주사범학교 입학시험에 낙방을 했기 때문이었다. 그 또한 해방 후의 학원 안팎의 예민한 문제에 부딪혀서 졸업은 하지 못한 것으로 전해지고 있다. 그런데도 한국전쟁의 혼란과 궁핍 속에서 단국대 사학과와 건국대 국문과를 졸업하고 보령의 한 농고에서 국어교사로 교단에 서게 된다.

그런데, 1959년 초, 「이야기하는 쟁기꾼의 대지」가 조선일보 신춘문예에 입선되어 문단에 이름을 올리는 과정에서, 이승만 독재의 자유당 치하라서 응모한 원고를 20행이나 삭제당하고서 당선 아닌 입선으로 처리되었다.

4·19 이듬해인 1961년, 서울에 올라와 앞서 본 대로 명성여고(야간부)의 국어 교사가 된다. 1963년에는 첫 시집 『아사녀』를 낸다.

판금된 『신동엽 전집』

신동엽 시인은 일찍부터 아나키스트 관련 서적을 즐겨 읽은 것으로 알려졌다. 또한 8·15해방과 한국전쟁을 거치면서 좌우의 사상적 대립이 첨예화되어 투쟁과 대립이 격화되어가는 조국의 살벌한 현실을 개탄했다.

1969년 4월 7일, 애석하게도 그는 숙환으로 세상을 떠났다. 그때 나이 불과 마흔. 1975년 『신동엽 전집』이 창작과비평사에서 출간되었으나, 내용이 긴급조치에 위반된다고 하여 한때 판매가 금지되기도 했다.

백제
예부터 이곳은 모여
썩는 곳.
망하고, 대신

거름을 남기는 곳.

금강
예부터 이곳은 모여
썩는 곳.
망하고, 대신
정신을 남기는 곳.

너무 이념 중심으로 이해되는 그의 작품

「껍데기는 가라」는 그의 대표작으로 널리 알려져왔다.

껍데기는 가라.
사월도 알맹이만 남고
껍데기는 가라.

껍데기는 가라.
동학년 곰나루의 그 아우성만 살고
껍데기는 가라.

그의 시에는 역사에 대한 관심과 외세에 의한 분단 현실에 대한 고뇌가 깊이 배어 있는 것이 사실이다. 그러나 일부 평자들은 "서정 시인 신동엽은 잊힌 채 이념적 접근만 무성하다"며 그의 작품에 대하여 너무 이념 중심으로만 기우는 해석에 아쉬움을 보이기도 했다.

나는 신동엽, 남정현, 임헌영 등 민족문학을 탐구하는 문인들과 함께 서부전선을 답사하는 등 분단 현실을 실감할 수 있는 현장을 함께 다니면서 이런저런 담론을 나누기도 했다.

동백림 사건의
파편 맞은
문단의 기인

천상병 시인

천상병

千祥炳, 1930~1993

천상병 시인은 1930년 1월 29일, 일본 효고현 히메지에서 태어났다. 1945년 해방 후 귀국하여 마산중학교에 편입했다. 당시 마산중 국어 선생이던 시인 김춘수가 그의 재능을 알아보고 권해 1949년 『죽순』에 「공상」을 발표하며 문단에 이름을 알렸다. 하지만 한국전쟁이 발발해 미국 통역관으로 일하게 됐고, 송영택 등과 함께 동인지 『신작품』을 발간하여 시를 발표하다가 1951년 서울대학교 상과대학에 입학했다.

공부보다는 시작활동과 비평활동에 관심이 많았다. 1952년 『문예』에 시 「갈매기」로 추천 등단을 마쳤고 1953년 같은 잡지에

평론 「사실의 한계: 허윤석론」 등을 발표했다. 졸업을 코앞에 둔 4학년 때 대학을 뛰쳐나와 평론을 쓰거나 외국 서적을 번역하는 일에 매진했다. 1964년부터 김현옥 부산시장의 공보비서로 일하면서 처음이자 마지막으로 직장생활을 했다.

1967년 독일 동베를린 공작단 사건, 일명 동백림 사건에 연루됐다. 6개월간 옥고를 치르고 무혐의 처분을 받고 풀려났으나 참혹한 고문과 옥살이로 심신이 완전히 무너져내렸다. 1970년에는 「김관식의 입관」을 발표하는 등 작품활동을 이어갔으나 고문 후유증과 무절제한 생활로 거리에서 쓰러져 행려병자로 오인받아 서울시립정신병원에 입원했다. 사정을 알 리 없는 지인들은 그의 행적이 묘연해지자 객사했다고 여겨 시집 한 권 없이 떠난 천상병을 위해 힘을 모아 유고 시집 『새』를 펴냈다. 이 소식을 언론으로 접한 담당 의사가 혹시나 하여 출판사에 연락했고 지인들이 찾아가 신원을 확인해 '살아 돌아' 왔다.

이후 『주막에서』 『천상병은 천상 시인이다』 『저승 가는 데도 여비가 든다면』 『요놈 요놈 요 이쁜 놈!』 등의 시집을 냈다. 그 밖에 공동 시집 『도적놈 셋이서』, 수필집 『괜찮다 괜찮다 다 괜찮다』, 동화집 『나는 할아버지다 요놈들아』, 시선집 『귀천』 등 왕성한 작품활동을 이어갔다.

천상병은 간경화증을 앓다가 1993년 4월 28일 세상을 떠났다. 아내인 목순옥은 그의 사후에 시집 『나 하늘로 돌아가네』와 수필집 『한낮의 별빛을 너는 보느냐』를 펴냈다. 천상병의 일대기를 다룬 연극 〈소풍〉과 뮤지컬 〈귀천〉 등이 제작되었고, 2003년 은관문화훈장을 추서받았다. 2004년부터 천상병예술제가 열리고 있다.

그가 읊은 '삼청공원' 옆 감사원에서

젊은 시절 한 문학지에서 천상병의 시 「삼청공원에서」를 읽고 "과연 천상병이구나" 하고 무릎을 친 적이 있는데, 1998년 봄, 바로 그 삼청공원 옆에 있는 감사원이 내 근무처가 되었다. 그리고 가끔 그 삼청공원을 산책하면서 천시인을 생각하곤 했다.

나는 문인이랄 수는 없지만(다만 무인이 아니라는 의미에서는 문인이다) 젊은 시절부터 문단 안팎에 친분 있는 지기知己가 많았고, 천시인도 그런 '글쟁이' 중 한 사람이었다.

그의 이름 때문에 생전에도 '천상天上의 시인'으로 불리던 천상병 시인, 순박하면서도 짓궂은 기인 행각으로 많은 일화를 남긴 그는 「귀천歸天」이란 명시를 이 세상에 남기고 하늘나라로 떠나서 더욱 유명해졌다.

한국 문단 삼대 기인의 한 사람

거무스레한 얼굴에 자주 껌벅이는 눈, 더듬거리는 말, 줄담배와 폭음, 애교 섞인 용돈 수금(?) 등으로도 고은, 김관식과 함께 가히 한국 문단의 삼대 기인의 한 사람으로 불릴 만했다.

1967년 7월, 중앙정보부가 발표한 소위 '동백림을 거점으로 한 북괴 대남적화공작단 사건'의 피의자 명단에 바로 그 '천상병'이란 이름 석 자가 끼어 있어서 세인을 놀라게 했다. 천시인에게 무슨 용공 사건에 연루될 만한 사정이 있을 리가 없었기 때문이다.

'동백림 사건'이란 유럽에 살고 있는 남한 출신의 문화예술인, 학자, 유학생, 지식인들이 동백림에 가서 북한 공작원들과 접촉, 반국가적 행위를 했다는 것으로, 구속 기소된 피고인만 서른네 명이나 되는 큰 규모의 사건이었다.

동백림 사건 피의자에 그의 이름이

그중에서 작곡가 윤이상, 서베를린대학 박사과정 임석훈, 화가 이응노, 농업 문제 전문가 주석균 등의 이름이 한층 주목을 끌었다.

나는 그중 이응노 화백 부부의 변호를 맡아서 서울구치소 접견을 다니고 있었는데, 천시인만 변호인이 없는데다 밖에서 누구 접견 올 사람도 없는 듯해서 내가 변호를 자청했다. 문단 행사나 문인들의 이런저런 모임에서 그와 나는 서로 잘 아는 처지가 되었으므로 조금도 생소할 것이 없었다.

나는 그가 서울상대를 다녔다는 사실을 그때 처음 알았다. 아마 나뿐만 아니라 대부분의 사람들이 그에게 어울리지 않는 그런 학벌을 짐작지 못했을 것이다. 바로 그 상대 친구의 한 사람인 강빈구(당시 서울대 조교수)씨 역시 동백림 사건으로 구속되어 있었는데, 그와의 관계가 혐의 사실의 단서를 이루고 있었다.

불고지죄와 공갈 혐의

공소장대로라면, 사건이 터지기 4년 전인 1963년 10월 초순 어느 날 저녁, 그는 명동 유네스코회관 뒷골목에 있는 대폿집에서 강빈구씨와 술을 마시고 있었다. 그때 강씨가 자신은 동독과 동백림 등 적성국을 왕래하였으며 난수표와 출판사 이야기를 하면서, 여의치 않으면 한국에서 고생하지 말고 동독에 갈 생각이 없느냐는 권유를 하더라는 것.

그것이 무슨 범죄라고 공소장에 들어가 있는가, 라고 생각할 사람이 많을 것이다. 그러나 공소장에 의하면, 그것은 "동인(강빈구)이 반국가단체인 북괴의 구성원으로 그 목적 수행을 위하여 암약중인 간첩이라는 점을 인지하였음에도 불구하고 이를 수사정보기관에 고지치 아니하고……"라고 해서, 말하자면 반공법상의 불고지죄를 범했다는 것이다. 참 무서운 법이었다.

그뿐인가. 반공법 말고 형법상의 공갈죄가 얹혀 있어서 더욱이나 뜻밖이었다. 그것도 친구인 강빈구씨를 상대로 협박을 하고 돈을 갈취했다니 파렴치범처럼 되어버렸다.

대학 친구 협박하여 갈취를…

공소사실은 이러했다. 천시인은 1965년 10월 중순 어느 날 낮, 강씨 집에 가서 중앙정보부에서 자기더러 동독 갔다 온 사람을 대라고 해서 난처했다는 취지로 강씨를 협박했다는 것. 그리하여 "동인으로 하여금 공포감을 갖게 하여 동인에게 금 2만 원만 주면 무마시켜주겠다고 금품을 요구, 동인으로부터 금 6500원을 교부받아 이를 갈취하고……"라고 적혀 있었다.

공소사실 제3항은 이러했다. "그 시경부터 1967년 6월 25일까지 사이에 같은 방법으로 동인을 협박, 동인으로부터 일주일에 1~2회씩 서울 명동 소재 금문다방, 송원기원 등지에서 주대 100원 내지 500원씩 도합 금 3만 원가량을 교부받아 이를 갈취하고……"

절친한 대학 친구를 간첩으로 신고하겠다고 협박하여 2년 동안 매주 1~2회씩 처음엔 6500원을, 그다음부터는 100원 내지 500원씩 '갈취'했다는 것이다. 2년도 채 안 되는 동안 매주 한두 번씩 상습적으로 뜯어낸 돈의 합계가 3만 6500원이라? 간첩 신고 협박에 100원씩, 많아야 500원을 갈취했다? 이것은 코미디였다.

나는 천시인이 강교수로부터 그만한 액수의 돈을 받았으리라는 사실을 직감으로 알 수 있었다. 천시인은 누구에게나 악의 없이 손을 내밀고 "천 원만"을 버릇처럼 되뇌곤 했으니까.

아는 사람 만나면 손을 내밀고

학벌이 좋고 문재文才가 뛰어났음에도 그는 가진 것 없고 헐벗고 다니며, 아는 사람을 만나면 으레 손을 내밀곤 했던 것이다. 시인 이근배씨의 회고담에 의하면, "한참 후배인 나도 그의 수금처가 되어 거의 정기적인 내방을 받고 있었다. 어느 날 찾아왔다가 내가 자리에 없으니까 책상 위에 놓인 김소운 수필집 『하늘 끝에 살아도』를 들고 갔더란다. 헌책방에 넘길 양으로 들고 갔던 책의 첫 장을 읽다가 그만 2시까지 독파했노라고 털어놓기도 했다"는 것.

바로 이런 그의 언행 기벽을 아는 사람은 그가 강빈구씨한테서 100원, 500원을 거푸 얻어 쓴 것을 금방 이해하고 "또 수금을 했구나" 하고 웃어넘겼을 것이다. 그러나 1960년대 후반 대한민국의 법정은 그런 것조차도 모두 공갈죄로 처벌했다. 징역 1년에 3년의 집행유예, 그런 식의 재판에 더 기대할 가치가 없다고 보고 천시인은 항소도 하지 않았다.

'빈자일등'론에 놀라는 문인들

동백림 사건으로 징역을 살고 나온 천상병 시인이 어느

날 퇴근 시간 무렵 내 사무실로 찾아왔다. 내가 변호를 해준 데 대해서 감사하다는 인사말을 하고 나서 자기가 저녁을 사겠다고 하지 않는가. 그때 그는 '빈자일등貧者一燈'이란 말도 했다. 그와 나는 저녁을 함께하면서 재판이나 구치소 생활 이야기를 많이 했다. 그때도 그의 순진무구함이라든가 꾸밈없는 자기 노출 같은 것이 예사롭지가 않았다. 물론 그가 제의한 '빈자일등'은 우선 '집행유예'로 해놓고, 부자 되면 그때 한턱 쓰라고 자존심을 살려주었다.

그후 천시인의 '빈자일등' 제안을 문단의 지기들에게 이야기했더니 "천상병이가 누구에게 밥을 사겠다고 나선 것은 전무후무한 역사적인 사건"이라면서 좌중이 가가대소呵呵大笑했다. 앞서 말한 대로 천시인은 아는 사람 만나면 "천 원만" 하면서 손을 내미는 습성이 있어서 문단에서는 하나의 애교처럼 받아들여지고 있던 터였다.

"고문한 놈 찾아 죽이고 싶다"고…

천시인은 동백림 사건으로 구속되어 그 허약한 몸으로 모진 가혹행위를 당했다. 그의 말에 의하면, 중앙정보부에서는 그에게 베를린 유학생인 친구와의 관계를 자백하라고 강요하면서 세 번이나 전기고문을 가했다. 그는 몇 차례나 까무러치기도 했다. 그는 이렇게 말했다. "지금 나는 비틀거리며 걸어다니는데, 남들은 그것이 나의 술 때문이라고 하지만, 결코 술 탓만은 아니다. 나는 몇 번의 찢어지는 고통도 이겨냈다. 그때를 생각하면 몸서리쳐진다. 고문을 한 놈을 찾아 죽이고 싶은 심정일 때도 있었다. 그러나 나를 이겼으니, 이것으로 만족한다."

그는 중앙정보부에 구속된 후 6개월 동안 감방생활을 했다. 풀려난 후에도 고문의 후유증과 영양실조로 고생했다. 심지어 거리에서 쓰러지기도 하여 남부시립병원에 실려가 입원한 적도 있다. 1971년에는 다시 쓰러져 이번에는 서울시립정신병원에 '수용'되기도 했다. 그처럼 그가 행려병자로 강제입원중일 때, 그런 사실을 모르는 밖의 문우들이 '새'라는 제호가 붙은 '유고 시집'을 낸 것이다.

병치레를 하면서 그는 아내의 말을 존중하는 양순한 남편이 되었다. 간경화증의 치료를 받고 난 후 아내가 하루 주량을 맥주 두 잔으로 '언도'를 내리자 그는 이것을 한 번도 위반한 적이 없었노라고 고백했을 정도였다.

아내 말에 순종, 금연·음주

지금의 세종문화회관 자리에 서울시민회관이 있었고, 그 뒤에 있는 한 건물에 한국문인협회와 한국문학사가 들어 있어서, 그 1층에 있던 '석굴암 다방'에는 문인들이 많이 드나들던 시절이 있었다. 어느 때던가, 그 다방에 모인 '글쟁이'들 중에서 누군가가 천시인에게 담배 한 대를 권했다. 반갑게 받아 피울 줄 알았는데, 뜻밖에도 대답은 '안 피우겠다'는 것이었다. 자리를 파하고 일어서면서 한잔하러 가자고 해도 역시 사양을 하는 것이 아닌가. 내가 보기에도 의외의 해프닝이었다. 문우들이 "살다보니 별일도 다 보겠다"라며 그 까닭을 물으니 그의 대답인즉 이러했다.

"마누라가 술·담배 하지 말라고 해서……"

천시인의 입에서 떨어진 이 진답珍答은 좌중을 놀라게 하기에 충분했다. 누구의 입에선가 이런 말이 용수철처럼 튀어나왔다.

"천상병이 타락했구나."(한동안 하루에 막걸리 두 되로 세끼

식사를 대신했다는 천시인이 아닌가?)

그렇다고 부인의 '엄명'이 '금주령'은 아니었던 것 같다. 그의 자전적인 글에 보면, 부인한테서 하루 2천 원씩 용돈을 타가지고 맥주 한 병과 아이스크림 하나와 담배를 샀다고 쓰여 있다(그러고도 남은 돈을 저축하여 백만 원이 모아졌다고 자랑도 했다).

서울상대 4학년 때 중퇴를

천시인은 보통 사람은 아니었다. 상식적으로나 범상한 사람으로서는 하기 어려운 일을 그는 기행처럼 즐기며 했던 것이다. 그는 '르네상스'나 '돌체' 같은 유명한 음악감상실을 본거지로 드나들었는가 하면, 〈브람스 교향곡 4번〉을 들으면서 눈물을 흘렸다는 고백이며, 중학교 6학년 때 어느 대학을 갈까 고심하다가 여러 학과 이름을 적은 종이쪽지를 던져서 제일 먼 데로 날아간 쪽지에 적힌 대학을 택하기로 하여 서울상대를 가게 되었다든가, 상대 4학년 때 한국은행에 무시험으로 들어갈 수 있는 성적(석차 5등 이내)이었는데도 이미 『문예』에 시 추천을 마친 터여서, 시인이 되겠다며 졸업 한 학기를 남겨놓고 중퇴를 했다는 이야기 등 그는 비범非凡의 선구자였던 셈이다.

글씨도 아주 달필이었다. 천시인의 이미지와는 사뭇 달랐다. 동백림 사건으로 구속되었다가 석방된 후 언젠가 그에게서 편지 한 통이 날아왔다.

달필로 쓴 부산발 편지

"(…) 외투뭉치가 그곳 사무실에 있는 줄 알면서도 날씨가 따뜻해서 안 찾다가 그만 부산에 또 내려왔습니다. 좁은 사무실에 귀찮으시겠지만 보관해주시면 감사하겠습니다. 여기 와서 형사가 저를 찾는다기에 동부서로 갔더니 제가 행방불명이라고 전국에 수배되었다고 하면서 잔소리를 하더군요. 참 별일도 다 많습니다. 아무 일도 없었습니다. 이런저런 일로 한변호사님의 신경을 거슬리는 일만 하는 것 같은데, 너그럽게 용서해주시기 바랍니다."

그의 예의염치禮義廉恥 또한 그에 대한 일반적 선입견과는 다른 면이 있었다.

아주 고생스러울 때 아내 목순옥 여사의 극진한 사랑과

보살핌 속에 술을 주식처럼 즐기며 살아가던 그는 1993년 4월 28일 홀연히 하늘나라로 돌아갔다. 그리고 목여사는 인사동 골목에 '귀천'이란 찻집을 차려놓고, 남편의 체취가 묻어 있는 작품과 유품들과 더불어 의연하게 살다가 역시 남편의 뒤를 따라간 지 몇 해가 되었다. 주인은 바뀌었어도 나는 지금도 가끔 '귀천'에 들른다. 거기엔 천시인의 유품이 여전히 걸려 있어서 나에게 반가운 손짓을 하기 때문이다.

만수대창작사에서 만난 고교 선배

인민예술가 정창모 화백

정창모

鄭昶謨, 1931~2010

정창모 화백은 1931년 전라북도 전주에서 태어났다. 외조부였던 서화가 효산 이광열의 영향을 받아 어려서부터 미술에 재능을 보였다. 완산보통학교 시절 그린 크레용화 〈아침해〉로 아동미술전람회에서 입선할 정도로 재능이 돋보였다.

1950년, 한국전쟁이 발발해 인민의용군에 입대해 월북했다. 전쟁이 끝난 후 개성시 설계연구소에서 일하면서 조선미술가동맹 개성시위원회가 운영하는 야간미술연구소에서 그림 지도를 받아 1957년 평양미술대학에 입학했다. 재학중 잠재된 가능성을 펼쳐 보이는 한편, 「겸재의 생애와 활동」「오원 장승업의 생애와 창작」「19세기 러시아 이동파 화가들의 창작」 등의 논문을 발표하며 이론과 실력을 겸비해갔다.

정창모는 1963년 평양미술대학 졸업작품으로 〈뱃머리에 오신 어버이 수령님〉을 그리면서부터 북한 화단의 주목을 받았다. 평양미술대학의 교수로 재직하면서 조선미술가동맹의 현역 미술가로 본격적인 창작활동에 돌입했다. 만수대창작사 조선화창작단 풍경화실 실장, 공훈예술가, 조선미술가동맹 중앙위원, 국가작품심의위원회 조선화 부문 심의위원 등을 거쳐, 1989년 북한 예술인들에게 최고의 영예인 인민예술가에, 그중에서도 최고 영예인 '(김일성상) 계관인'에 올랐다. 40여 년간 삼천여 점의 작품을 발표했는데 그중 백여 점은 북한의 국보로 평가받는다.

2000년대 들어 해외에서도 주목받아 2005년 제8회 베이징 국제미술제에서 금상을 수상했다. 2000년 8월 15일 제1차 남북 이산가족 상봉 때 북측 방문단으로 여동생과 조카를 만나러 서울에 오게 되자 한겨레통일문화재단이 '북한 인민예술가 정창모 서울전'을 준비했다. 그러나 도록을 본 정창모가 작품 가운데 절반 이상이 위작이라고 지적해 개관을 하루 앞두고 무산되었다. 그뒤 이탈리아와 영국에서 작품을 소개한 정창모는, "여건만 허락된다

면 언제든 서울에서도 전시회를 열겠다"고 했으나, 끝내 실현하지 못한 채 2010년 암으로 세상을 떠났다. 2016년 1월, 고향인 전주한옥마을에서 그의 귀향전이 개최되었다.

묘향산 보현사에서 만난 젊은 화가

평양의 만수대창작사는 북한 최고의 미술 창작의 산실이자 전시장으로 유명하다. 내가 그곳을 처음 찾아간 것은 2000년 10월, 평양을 처음 방문했을 때였다(북한 방문으로 치면 그때가 두번째였다. 1999년 가을의 금강산 관광이 첫번째 방북이었다).

처음 만수대창작사에 들렀을 때 나는 인민예술가 정창모 선생을 만나고 싶다는 말을 안내원에게 했다. 남쪽에서 온 사람이 갑자기 누구를 만나자고 해서 뜻을 이룰 수 있는 곳이 아님을 짐작 못한 바는 아니었지만, 나는 물정 모르는 사람처럼 그런 말을 던지고 말았다. 그러나 대답은 쉽게 나왔다.

"화가들이 모두 가을 사생寫生에 나가고 (여기에) 없습네다."

그 말은 사실이었다. 우리 일행이 묘향산 보현사에 갔을 때, 거기서 묘향산의 가을 풍경을 그리고 있는 한 젊은이와 잠시 대화를 나누게 되었다. 내가 "정창모 화백이 나의 고교 선배인데, 혹시 그분에 대해서 아느냐?"고 물었다. 내 말이 떨어지는 순간 그 청년은 벌떡 일어서며 자기가 제일 존경하는 화가라면서, 마치 내가 바로 정화백이나 되는 것처럼 반겨주면서 내가 궁금해하는 점에 대해서 정성껏 대답을 해주었다.

6·25 때 인민군으로 북행한 고교 선배

참, 내가 왜 정창모 화백의 이름을 기억하고 굳이 그를 만나려고 했는지를 말해야겠다.

그분은 나의 고등학교 2년 선배로 한국전쟁 때 인민군이 되어 북으로 갔고, 거기서 훗날 화가로 대성하여 인민예술가의 영예를 차지했다는 것을 풍편에 들었다.

연전에 이산가족 상봉 때 서울에도 왔었고, 두뇌가 빠른 한 업자가 서울에서 그의 작품전을 준비하고, 마침 서울에 온 작가의 개막전 참석을 추진하는 과정에서 화가 본인에게 도록을 보내기까지 했다. 그러나 거기 수록된 작품의 상당수가 위작임이 화가 자신에 의해 밝혀져 초청장까지 나간 전시회는 취소되었다.

이번 방북은 북한 지원 사업을 하고 있거나 거기에 관심을 가진 인사들이 전세기 편을 이용하여 인천과 순안 사이를 직항으로 날아간 참이었다. 비행 시간은 딱 한 시간이었다.

이라크 문제로 시기적으로 긴장감이 감돌 때였다. 그러나 남측에선 예정대로 이륙했고, 북측에서도 민화협의 수뇌부가 나와 반갑게 맞아주었다.

인민화가 정창모 선배가 즉석 그림을

그런데 이번 방북에서 나는 뜻밖에도 행운의 주인공이 되었다. 우리 방북단 일행은 (2005년) 8월 24일 오전에 만수대창작사를 방문했다. 우리는 북한 미술의 최고봉인 인민화가들이 작품을 창작하는 화실이 있는 건물로 안내되었다. 거기서 나는 '이 기회다' 싶어, 안내하는 창작사 여성 간부에게 나의 고교 선배인 정창모 화백을 만나고 싶다고 말했다. 정화백이 몇 해 전 남북 이산가족 상봉차 서울에 왔을 때, 나의 전주고등학교 2년 선배라는 사실을 알게 되었고, 그후 나는 평양에 갈 적마다 그분을 만나고자 했으나 뜻을 이루지 못한 터였다.

나의 부탁을 들은 그 여자 '동무'는 조금도 주저함이 없이 "예, 그러지요" 하더니, 우리 일행을 1층 입구에서 세번째 창작실로 안내해주었다. 아! 바로 그 방에 내가 그토록 만나고 싶었던 정창모 선배가 계셨다.

내가 "전주고 후배 한 아무개"라고 인사를 하자 그분은 깜짝 반가워하셨다. 자신의 그림에 대해 설명해주고 나서 화선지를 펴놓더니, 화조花鳥 그림 한 폭을 즉석에서 완성하여 나에게 선물로 주었다. 사전에 무슨 교감이나 연출 의도가 전혀 없었는데도 참으로 감동적인 후배 사랑이 생방송처럼 실내와 화폭에 충만했다. 정선배의 표정이 그렇게 밝을 수가 없었다. 그 방에 함께 간 모든 분들이 뜨겁게 박수를 쳤다. 나도 그 자리에서 화답하는 뜻으로 붓을 잡았다. 그리고 "그날을 기다리는 마음을 두고 갑니다"라는 글씨를 써서 정선배에게 드렸다.

조국의 험난한 역사 속의 휴먼 스토리

한국전쟁, 인민군, 북으로 퇴각, 제대, 평양미술대학 조선화학부 졸업. 그후 북한의 정상급 화가만이 될 수 있는 인민화가로서 국가작품 심의위원(국전 심사위원)이 되기까지 그 분이 겪은 인생 역정은 조국의 험난한 역사와 궤를 같이하는 휴먼 스토리 그 자체였다.

전에 서울의 한 신문사 후원으로 열릴 예정이었던 서울 전시회가 출품작의 일부가 위작임이 밝혀져 개막 하루 전에 전격 취소된 일을 이야기하자, 자기도 유감스러웠다면서 다음에 제대로 된 전시회를 서울에서 갖고 싶다고 했다. 그날의 감격적인 상봉과 대화 및 즉석 그림 선물 장면 등은 함께 간 방송사의 카메라에 녹화되어 서울 귀환 후 전국에 방송되었다.

최고인민회의 김영남 상임위원장을 만나다

그날 오후 4시에는 최고인민회의 상임위원회 김영남 위원장을 예방했다. 접견실은 매우 웅장했다. 김위원장은 매우 세련된 매너로 우리 일행(정세영, 조용필, 한승헌, 이미경, 심재철)을 다정하게 맞아주었다. 달변으로 자신의 소신을 말하는 가운데, '6·15시대'라는 표현까지 써가며 6·15선언의 실천을 역설하는가 하면, 8·15민족대축전의 의미를 거론

하기도 했다. 우리 일행도 한마디씩 했다. 나는 문화 분야의 교류 확대의 중요성과 체제의 차이를 극복하고 화해 협력의 길로 나아가는 쌍방의 지속적인 노력을 강조했다.

그래도 북한은 알게 모르게 달라져가고 있다는 인상을 받았다. 순안공항에서부터 그걸 감지할 수 있었고, 사람들도 전에 비해서는 유연해졌으며, 대화도 제법 자연스러워졌다. 내가 접할 수 있었던 북측 고위인사들(김영대 민족화해협의회 위원장, 리종혁 아시아태평양위원회 부위원장, 안경도 조국평화통일위원회 서기국장, 김 아무개 문화예술총연합회 위원장 등)도 만찬이나 공연 등 행사 때마다 참석하여 끝까지 자리를 함께하는 등 성의를 다하는 모습은 서로의 미래를 밝게 하는 전향적 자세로 보였다.

법정에 선
'반미 용공' 소설 「분지」

소설가 남정현 선생

남정현
南廷賢, 1933~

남정현 선생은 1933년 충청남도 당진에서 태어났다. 아버지가 일제 강점기 교장선생님으로 일해 유년기를 풍족하게 보냈으나, 사고와 병치레가 잦아 몇 번이나 생사를 오갔다. 도고보통학교를 졸업하고 서산농림학교에 진학했으나 폐결핵에 걸렸다. 몇 차례 수술을 받으며 누워 지내는 동안 사회과학 및 철학 번역서 등 다양한 책을 읽으며 세계관을 다졌다. 농림학교를 마치고 대전사범학교에 진학하지만 한국전쟁 때문에 학업을 중단했다가 전쟁통에 대전으로 내려온 홍익대에 무작정 들어가 강의를 들으며 문학의 꿈을 키우게 됐다.

휴전 후 서울로 올라와 최인훈, 신동엽 등과 어울려 지내던 남정현은 1958년 단편 「경고구역」을, 다음해에 「굴뚝 밑의 유산」을 『자유문학』에 발표하며 등단했다. 이후 「모의시체」 「누락인종」 「너는 뭐냐」 「혁명 이후」 등 미 제국주의를 비판하는 풍자적 작품을 줄줄이 내놓았다.

문제의 「분지」는 1965년 3월 『현대문학』에 발표했는데, 이 작품이 5월에 북한 조선노동당 기관지에 실려 반공법에 의거해 체포되었다. 7월 7일 정식 구속된 그는 한 달간 혹독한 고문을 받고 재판에 부쳐졌다. 헌정사 최초로 '반공법 위반'과 '사후검열'로 법정에 선 작가와 작품을 구명하기 위해 백낙청이 조선일보에 당국의 처사를 규탄하는 글을 썼다가 끌려갔으며, 안수길, 이어령 등이 피고측 증인으로 나와 검찰측과 대립했다. 반공 이데올로기에 맞서 문학의 저항성과 표현의 자유를 지키려는 문단의 싸움은 오랫동안 이어졌다.

1967년, 남정현은 선고유예 판결을 받지만 당국의 감시 아래 제대로 활동하지 못했다. 1971년 민주수호국민협의회 결성에 참여했고 1974년 민청학련 사건에 연루돼 대통령 긴급조치 1호 위반 혐의로 또다시 5개월가량 복역하였다. 석방 후 자유실천문인

협의회에 참여했다.

1987년 금서 목록에서 해제되자 「분지」는 다시 주목받았다. 남정현은 2002년 민족예술상을 수상했다.

1965년의 탄압 지형

1965년 가을, 내가 검사직을 그만두고 변호사로 전신, 법률사무소를 열었을 때, 나는 자유롭고 홀가분한 마음으로 세상을 살게 되기를 바랐다. 그러나 시대상황은 그런 내 희망과 욕심을 용납하지 않았다. 박정희 정권의 독재는 한일굴욕외교 반대투쟁과 월남 파병 반대운동을 억누르기 위해 더욱 거세어져갔고, 탄압의 마수는 마침내 문화계에까지 미쳤다.

그런 과정에서 작가 남정현의 소설 「분지」가 용공 작품이라고 하여 반공법 위반으로 수사 대상에 올랐다.

나는 그 무렵, 삼십대 초입의 나이치고는 문단 내지 문화계에 제법 지면이 넓은 편이었는데, 그중 소설가 안동림 형의 의뢰를 받고 「분지」 사건의 변호에 나서게 되었다. 당시 안형은 노먼 메일러의 「나자와 사자」 등 외국작품을 번역 출간하는 한편, 창작에도 열정을 쏟고 있는 맹렬형 작가로 알려져 있었다.

그의 말인즉, 남정현씨가 1975년 3월치 『현대문학』에 발표한 「분지」라는 소설이 반미 용공으로 몰려서 오래전부터 수사를 받고 있다는 것이었다. 남선생은 1950년대 말, 「굴뚝 밑의 유산」 「경고구역」으로 안수길 선생의 추천을 받아 『자유문학』을 통하여 문단에 나온 후, 중편 「너는 뭐냐」로 1961년에 제6회 동인문학상 후보상을 받기도 했다. 그리하여 문단 안팎에서 저항문학의 기수라는 평가와 아울러 장래가 촉망되는 작가로 꼽히기도 했다.

나는 문제의 소설 「분지」를 읽어본 후, 그것은 결코 용공도 아니고 달리 무슨 범죄가 될 만한 작품이 아니라는 확신을 갖게 되었다. 이렇게 해서 변론에 나서게 된 세칭 「분지」 사건은 나의 변호사생활 초기의 시국 사건 변호 제1호가 되었다.

정치적 압제 사건 변호의 첫발

이 사건의 변호를 계기로 나는 자신도 예상치 못했던 정치적 압제 사건을 변호하는 험난한 길을 걷게 되었다. 독재정권에 의해 탄압받거나 그에 저항하다가 박해를 당하는 사람들의 변호에 작은 힘이나마 보태지 않을 수 없었다.

남선생은 1965년 7월 7일, 서울 을지로에 있는 '충일기업사'라는 위장 간판이 붙어 있는 중앙정보부 조사실에 끌려가 모진 고문을 당하며 조사를 받은 다음, 반공법 위반으로 구속되었다. 그러나 그달 14일 서울지검에 송치된 후, 23일에 구속적부심사를 거쳐 석방되었다. 그리고 근 1년 동안 오라 가라 하는 괴롭힘을 당하면서 해를 넘긴 후 1966년 7월 23일에야 불구속 기소가 되었다. 그만큼 검찰이 미루고 미룬 것을 보면 아무래도 유죄의 입증에 자신이 없었던 것이 아닐까?

미군의 만행과 가족사의 비극 묘사

소설 「분지」는 호풍환우呼風喚雨하는 홍길동의 10대손 홍만수가 그 주인공이다. 독립투사이던 그의 아버지는 8·15 해방이 되었는데도 돌아오지 않았는가 하면, 그의 어머니는 미군에게 강간을 당하고, 그 충격으로 세상을 뜬다. 한국전쟁 후 만수는 군에 입대하고, 누이동생 분이는 미군 상사 스피드와 동거생활을 한다. 만수는 군에서 제대한 후 분이에게 얹혀살면서 양키 물건 장사를 하는데, 분이가 밤마다 그 미군 병사에게 성적 학대를 당하는 것에 분노를 느낀다. 그러다가 만수는 마침 한국을 찾아온 스피드 상사의 아내를 겁탈하고, 향미산으로 들어가 숨는다. 이에 펜타곤 당국은 핵미사일까지 동원해 향미산을 포위해 들어가지만, 만수는 홍길동의 후예답게 구름을 타고 바다를 건너간다.

말하자면, 미군 병사의 만행을 소재로 삼은 단편소설이었다.

남한의 현실 왜곡에 반미 감정 조성이라

이 한 편의 소설이 어찌하여 반공법에 위반된다는 것인가. 공소장(판결문도 같음)에 의하면 이러하다.

소설 「분지」는 "대한민국이 마치 미국의 식민지 통치에 예속되어 주둔 미군들은 갖은 야만적인 학살과 난행 등을 자행하고, 우리 국민의 생명 재산을 무한히 위협하여 몇몇 고관, 예속자본가 등과 결탁하여 국민 대중을 착취하여 비천한 피해 대중들은 참담한 기아선상에서 연명만을 하고 있으면서도 (중략) 남한의 현실을 왜곡, 허위 선전하여 빈민 대중에게 계급의식 및 반정부의식을 부식 조장하고 반미 감정을 조성 격화시켜 반미사상을 고취할 요소 있는 (…) 작품"이며, 이를 문학지에 게재함으로써 "북괴의 대남 적화전략의 상투적 활동에 동조했다"는 것이다.

요컨대, 계급의식, 반정부의식, 반미 감정을 고취할 요소가 있는 소설을 발표하면 용공 범죄가 된다는 것이니, 공소장 자체에 이미 억지가 드러나 있었다.

이 작품이 당초 『현대문학』에 실려 나갔을 때에는 아무 말이 없다가 나중에 북한의 통일전선이란 신문에 전재되어 나오자 당국에서 문제를 삼았다는 점도 유의할 만하다.

내가 남작가를 처음 만났을 때의 인상은 번득이는 안경 너머의 눈매가 날카로우면서도 아주 소박한 인품이었다. 그 후 우리는 「분지」 사건 이야기 말고도 문학과 문단 그리고 세상사라든가 인간에 대한 이야기를 많이 나누는 가운데 친숙한 사이가 되었다.

내가 남선생과 절친하게 지내면서 그 무렵에 알게 된 문인들로는 최인훈, 박용숙, 김국태, 표문태, 김종삼, 신동엽, 이호철씨 등이 생각난다. 문단의 원로급으로 앞서의 안수길 선생 외에 시인 김광섭, 평론가 이헌구 선생 등을 뵙게 된 것도 같은 시기였다.

작가 안수길 선생을 특별변호인으로

남선생에 대한 사건은 1956년 9월 6일에 첫 공판이 열렸다. 서울형사지방법원 박두환 판사의 주심으로, 검찰에서는 김태현 검사(후에 박종연 검사로 바뀜)가 나와서 공소유지를 맡았다. 변호인석에는 법철학자인 이항녕 변호사, 남선생과 동향인 김두현 변호사, 그리고 필자가 좌정하고 있었다. 또한 소설가 안수길 선생이 변호사는 아니지만 법원의 허가를 얻어 특별변호인으로 변호인석에 나와 시선을 모았다.

공판은 초반부터 만만치 않은 공방으로 열기를 더해갔다.

검찰은 「분지」 말고도 다른 작품까지 들고 나와, 남선생의 사상적 색깔을 문제삼고 나섰다.

남선생은 물론 검찰측의 '덮어씌우기'에 강하게 맞섰다. 그는 판사에게 문학의 본질, 기법, 사명 등을 제대로 이해시키려고 애썼다. 소설은 현실 그 자체가 아니라 있을 수 있는 가능성의 세계를 가상적으로 그릴 수도 있으며, 상징적 · 우화적 수법으로 묘사할 수도 있는 것이라고 역설했다.

월남한 언론인, 구속중인 대남 간첩 등이 검찰측 증인

검찰측이 내세운 증인은 아주 특수한 신분을 가진 사람들이었다. 월남 후 '반공 제일선'에서 이름을 날린 공산권문제연구소장 한재덕, 함흥공산대학 출신이자 현직 군속인 이영명, 대남 간첩으로 구속중인 최남섭과 오경무 등이 검찰측 증인으로 법정에 나와 검찰측 주장에 맞장구를 치거나 한술 더 뜨는 말을 했다. 심지어는, 아무리 철저한 공산주의자라 하더라도「분지」같은 용공 작품을 쓸 수는 없을 것이라는 말까지 했다. 그네들의 특수한 신분에 비추어 애당초부터 자유롭고 공정한 진술을 할 수가 없는 사람들이었다.

변호인측 증인으로 출정한 이어령 교수의 증언은 그야말로 압권이었다. 그는 누구나 꺼리는 반공법 사건의 피고인측 증인으로 나오기를 쾌히 승낙함으로써 아무나 할 수 없는 결단을 보였다. 증언대에 오른 이교수는 변호인의 질문에 간결하고도 명쾌한 답변을 했다.

문(변호인)「분지」는 반미적인 소설인가?

답(증인) 이 소설은 우화적 수법으로 쓴 것이므로 친미도 반미도 아니다.

문 이 작품이 북한 공산집단의 주장에 동조했다는 공격을 받고 있는데?

답 달을 가리키는데, 보라는 달은 보지 않고 손가락만 보는 격이다. 남씨가 가리키는 달은 주체적인 한국의 문화이며, '어머니'로 상징되는 조국이다. 장미의 뿌리는 장미꽃을 피우기 위해서 있는 것이므로, 설령 어느 신사가 애용하는 파이프를 만드는 데 그것이 쓰였다고 해서 장미 뿌리는 파이프를 위해서 자란다고 말할 수는 없지 않은가.

징역 7년 구형한 검사

법정 내의 많은 사람들은 이어령 증인의 통쾌한 비유에 쾌재를 불렀다. 오직 한 사람, 못마땅한 표정을 짓고 있는 이는 검사뿐이었다. 다음으로는 검사의 반격 차례였다.

박종연 검사는 논고를 통해서, 「분지」는 대남 적화를 노리는 북의 주장에 동조하는 용공성과 이적성을 내포한 소설임을 재강조한 후 피고인에게 반공법 제4조의 법정 최고형인 징역 7년, 자격정지 7년을 구형하였다.

이어서 변호인단의 변론이 시작되었다. 나는 남한의 반공정책이 매사를 용공으로 몰려고 하는 위험을 안고 있음을 먼저 지적하였다. 그리고 국민 기본권이 반공의 이름 아래 유린된다면 그야말로 본말전도이며, 이 사건에서 문학의 본질과 기법에 대한 이해 없이 간첩 등 특수 신분에 묶여 있는 사람들의 몇 마디 말에 따라 유죄로 인정하는 것은 위험천만이라고 강조했다.

그리고 반공법 제4조의 모호한 규정을 확대 적용한다면 국민의 기본권을 본질적으로 침해할 염려가 있으며, 결국 한 작가의 분지憤志를 곡해한 분지焚紙의 위험이 있다고 매듭을 지었다.

앞서 말한 특별변호인 안수길 선생의 변론은 반공 매카시즘으로부터 문학을 지키고 문학인을 지키려는 열정이 넘쳐 있었다. 그는 변론에서 "미국의 존 스타인벡은 『분노의 포도』라는 작품을 써서 나치 독일이 이를 반미 선전에 크게 이용했지만, 그 작가가 법정에 선 일은 없었다"며 원로 작가다운 명변론을 했다.

1심 선고유예, 상고는 포기

그 사건 1심은 '형의 선고유예'라는 어정쩡한 판결로 끝이 났는데, 거기에 우리나라 사법의 한계와 고민이 어른거리고 있었다. 그래도 '혹시나' 하는 심경으로 항소를 했으나 '역시나'의 '기각'으로 끝나고, 대법원 역시 기대할 만한 곳이 못 된다고 판단되어 아예 상고는 하지 않기로 했다.

남선생과 나는 시국적인 논의나 집회에서 가끔 만나는 것은 물론 개인적인 정분을 돈독히 하면서 서로의 건강을 염려하며 살아오고 있다. 허약한 몸을 무릅쓰고 창작활동을 이어가며 작품을 꾸준히 발표하는 그 지구력이 놀랍다.

공안검사와
맞선 증언으로
문학을 옹호

이어령 교수

이어령
李御寧, 1934~

이어령 교수는 1934년 충청남도 아산에서 태어났다. 지적 호기심이 왕성한 아버지와 독서를 좋아하는 어머니, 문화 예술 분야에 종사하는 형제들 사이에서 풍족한 문화자본을 향유하며 자랐다. 부여고등학교를 거쳐 1952년 서울대학교 문리대 국문학과에 입학했다.

신진 문학평론가로서의 가능성은 대학 졸업반이던 1955년, 서울대 문리대학보에 「이상론」을 발표하며 확인했다. 이후 1956년 기성 문단을 신랄하게 비판한 「우상의 파괴」를 통해 평단에 화려하게 등장했다. 1960년대에는 만 스물여섯의 나이로 서울신문

논설위원에 발탁되었으며 이후 한국일보, 경향신문, 중앙일보 등을 거쳤다.

1967년 이화여대 교수로 부임했으며 1990년 초대 문화부 장관을 역임하면서 학교를 떠났다가 1995년 이화여대 석좌교수로 강단에 복귀했다. 서울올림픽 개폐회식과 식전 문화행사, 대전 엑스포의 문화행사 리사이클관을 주도했으며 동아시아문화도시 조직위원회 명예위원장, 유네스코 세계문화예술교육대회 조직위원회 위원장 등을 역임했다.

1959년에는 경향신문 지면에서 김동리와 '작품의 실존성'에 관해 논쟁을 벌였고 1968년에는 조선일보 지면에서 김수영과 '순수 참여 문학' 논쟁을 벌이는 등 평단의 젊은 기수로 활약했다. 군사정권하의 '필화 사건'에 증인으로 나서서 특유의 달변으로 문학적 자유를 억압하는 권력을 질타하기도 했다. 특히 「분지」 필화 사건 법정에서의 증언, "달을 가리키는데 보라는 달은 보지 않고 손가락만 보는 격"이라는 비유는, 아직도 날카로움을 간직한 채 널리 쓰이고 있다.

문학평론가, 소설가, 시인, 선생, 문학잡지 주간 등을 두루 지낸 지식인으로서 백여 권의 책, 수천 편의 글을 써낸 이어령은 현재도 왕성히 활동중이다.

이어령 교수의 기념비적 증언

1967년 2월 8일, 작가 남정현씨에 대한 반공법 위반 사건(세칭 「분지」 사건)의 네번째 공판이 서울지방법원의 한 법정에서 열렸다. 그날은 증인신문이 있는 날이어서 법정 안팎에는 자못 긴장이 감돌고 있었다.

증인 선서의 자리에는 검찰측 증인으로 북한에서 월남한 전향자와 복역중인 남파 간첩 등이 나와 있는가 하면, 변호인측 증인으로는 문단과 언론계 인사들의 얼굴이 보였다.

그중에서도 문학평론가 이어령 교수의 모습이 단상단하의 시선을 끌었다. 그는 신문사 논설위원으로, 문학평론가로, 작가로, 대학교수로…… 그야말로 종횡무진의 활약을 해온 주목받는 지식인이었기에 탄압받는 이 땅의 한 작가를 위하여 그가 어떤 증언을 할 것인지 궁금했기 때문일 것이다.

과연 그는 이날, 반공을 만병통치약으로 내세운 국가권력의 광기 앞에서 명쾌하고도 설득력 있는 소신을 밝힘으로써 문학과 작가를 압제의 사슬에서 풀어내기 위한 기념비적 증언을 남겼다.

수난의 작가 남정현씨는 1965년 3월치 『현대문학』에 실린 그의 단편소설 「분지」가 반미 용공이라는 이유로 한때 구속까지 되었다가 풀려난 뒤 1년이 훨씬 지난 1966년 7월 23일 불구속으로 기소가 되었던 것이다.

검찰은 미군의 만행을 다룬 그 소설이 계급의식과 반정부의식을 고취하고 반미 감정을 조성함으로써 '북괴의 대남전략에 동조한 작품'이라고 주장했다.

한번 반공법 위반으로 몰렸다 하면, 피고인 본인은 물론 가족·친지까지도 불안감에서 벗어나기 어려웠던 판국에, 감히 피고인측 증인으로 나선다는 것은 그 자체로 대단한 결심이 따라야만 했다. 그런데도 이어령 교수는 주저함이 없이 그날 법정에 나왔다.

월남 전향자, 대남 간첩 등의 친공반미론

검찰측 신청으로 나온 증인은 월남 전향자인 전 북한 언론인 한재덕씨와 구속중인 대남 간첩 두 명 등을 포함하여 모두 다섯 명이었는데, 한결같이 자신들의 특이한 신분과 경력에 알맞은 진술을 함으로써 검찰의 주장에 영합하였다. 즉 그들은 "이 소설은 누가 읽어봐도 반미적이며 계급의식을 고취하고 북괴와 똑같은 주장을 하고 있는 데 놀랐다" 또는 "철두철미한 공산주의 작가가 최고로 기술을 발휘해서 쓴대도 이 이상일 수는 없을 것이다" 운운하는 진술을 했다.

그날 이어령 교수는 네번째로 증언대에 나갔다. 먼저, 변호인인 내가 그에게 질문을 했다. 팽팽한 긴장을 가르며 그의 답변이 법정의 분위기를 반전시켜나갔다. 그때의 문답 일부를 옮겨본다.

친미도 반미도 아닌 민족문화의 주체성 강조

문 「분지」는 반미적인 소설인가?

답 이 소설은 우화적 수법으로 쓴 것이므로 친미도 반미도 아니다.

문 현실 그 자체를 그린 것이 아니란 말인가?

답 그렇다. 이 작품에서 한국 여성과 미군의 관계는 미국 문화가 한국 문화에 접촉하는 과정을 비유한 것이다. 계급의식이란 것도, 빈부의 차가 어떻게 이루어졌는가에 관해서 작품 안에 언급이 없으므로 단순히 약자에 대한 동정으로 해석된다. 약자에 대한 동정은 계급의식의 고취라고 볼 수 없다.

문 저항문학이란 무엇인가?

답 문학에는 본질적으로 저항의 일면이 있다. 문학의 창조성과 저항성은 동전의 안팎과 같은 관계를 이루고 있다.

문 이 작품에서 작가는 어떤 지향성을 보이고 있는가?

답 남씨는 흔들리는 민족문화의 주체성을 지켜야겠다는 생각인 것 같다. 작품 곳곳에서 비서구적인 한국 문화에 대한 향수가 나타나 있다.

문 이 작품이 북한 공산집단의 주장에 동조했다는 공격을 받고 있는데?

답 달을 가리키는데, 보라는 달은 보지 않고 손가락만 보는 격이다. 남씨가 가리키는 달은 주체적인 한국의 문화이며, '어머니'로 상징되는 조국이다. 장미의 뿌리는 장미꽃을 피우기 위해서 있는 것이므로, 설령 어느 신사가 애용하는 파이프를 만드는 데 그것이 쓰였다고 해서 장미 뿌리는 파이프를 위해서 자란다고 말할 수는 없지 않은가.

"병풍 속의 호랑이는 호랑이 아닌 그림"

이어서 검사의 반대신문이 시작되었다. 변호인과 증인 사이의 문답을 들으면서 마땅치 않은 표정을 짓고 있던 검사가 증인에게 물었다.

문 작가의 내심까지 알 수는 없지 않은가?

답 작품은 일반에게 발표된 뒤에는 작가만의 것이 아니며, 그렇다고 독자가 멋대로 해석해서도 안 된다. 작품 속의 상징성은 그대로 존중되어야 한다.

문 나는 이 소설을 읽고 놀랐는데, 증인은 용공적이라고 보지 않았는가?

답 나는 놀라지 않았다. 병풍 속의 호랑이를 진짜 호랑이로 아는 사람은 놀라겠지만, 그것을 그림으로 아는 사람은 놀라지 않는다. 「분지」는 신문기사가 아니다.

문 증인은 반공의식이 약해서 이처럼 증언하는 것이 아닌가?

답 나의 저술과 나를 비평하는 글들이 그 점에 대한 증거가 되리라고 믿는다.

무죄나 다름없는 선고유예 판결

이상은 물론 장황하고 격렬했던 법정 공방의 한 대목에 불과하거니와, 이교수의 답변은 도식적 관념 타령을 벗어나서 적절한 비유까지 구사함으로써 논리적 설득력을 한층 더 유감없이 과시하였으며, 검찰측의 기소와 억지의 허상을 논증하기에 충분했다.

그러나 그해 6월 28일에 열린 선고 공판에서 박두환 판사는 "형의 선고를 유예한다"는 판결을 선고했다. 그것은 법적으로는 유죄판결의 하나이지만, 예나 지금이나 반공법 또는 국가보안법 위반 사건에는 여간해서는 무죄 선고를 기대하기가 어려운 현실을 감안하면, 담당 판사의 심증이 무죄에 가까웠음을 쉽사리 짐작할 수 있었다.

그것은 판결문 중 다음과 같은 설시說示에 여실히 드러나 있었다.

"본건 작품 「분지」를 전체적으로 음미·이해한 위의 증인 이어령의 법정에서의 진술을 보태어 보면, 이 작품은 우리 민족 주체성의 확립이라는 피고인의 염원을 소설로써 표현한 것이라고 인정할 수 있으므로 (…)"

18년 뒤, 나의 필화 사건에도 증인으로

이어령 교수와 나는 '분지 사건'의 법정에서는 변호인과 증인의 사이로 만났는데, 알지 못할 것이 사람의 일이라, 그로부터 18년 뒤에는 두 사람이 피고인과 증인의 처지로 다시 법정 대면을 하게 된다.

1975년 3월, 나는 난데없는 필화 사건으로 중앙정보부에 구속되어 반공법 위반으로 재판에 회부되었다. 나는 그 전해에 민청학련 사건 등 시국 사건의 변호를 맡은 데 이어, 일본에서 납치당해온 전 신민당 대통령 후보 김대중 선생에 대한 대통령선거법 위반 사건과 김지하 시인의 『오적』 필화 사건 등의 변호를 맡는 한편, 이런저런 민주화운동에 참여하고 있던 중이었다.

뿐만 아니라 그해 2월에 형집행정지로 풀려난 김지하 시인이 3월 들어 다시 구속되자, 나는 곧 그를 위한 변호인단을 구성했다. 중앙정보부는 나에게 변호인 사퇴를 거듭 요구하였고, 내가 끝내 이를 거절하자 남산의 지하실로 나를 끌어다가 구속시켜버렸다. 이어서 검찰은 2년 반 전에 발표한 나의 수필 한 편이 용공이라는 이유로 나를 구속 기소했다. 그때 문제된 「어떤 조사」라는 나의 글은, 어디까지나 사형제도를 비판하는 내용이었는데도 중정과 검찰은 그것이 국가보안법의 폐지를 주장하고 간첩의 처형을 비난하는 북한의 주장에 동조하는 글이라고 몰아붙였다.

주저 없이 증언, 감정에 나선 문인들

그 사건의 재판에서도 검찰은 북에서 귀순한 전향자와 대남 간첩 등 특수한 전력을 가진 사람들을 열한 명이나 증인으로 내세웠다. 서울구치소에 수감되어 있던 나는 변호인들과 상의 끝에 안수길, 이어령, 유주현 세 분을 감정인으로, 강원용, 이우정, 홍윤숙, 박연구 네 분을 증인으로 신청했다.

때마침 박정권은 남부 월남의 패망을 핑계로 대통령 긴급조치 9호를 발동하는 등 발작적인 탄압을 가중시키던 때인지라, 그런 살벌한 시기에 정권의 미움을 사서 잡혀 들어간 '피고인'을 위해서 증인으로 나선다는 것이 얼마나 힘들고 위험한 일인가를 생각하고, 나는 그들을 감정인 또는 증인으로 신청하고도 몹시 미안한 생각이 들었다. 그러나 한 분도 회피하지 아니하고 소신껏 감정과 증언을 해주어서 무척 고마웠다.

특히 이어령 교수에 대해서는 '분지 사건' 때에 이어서 이번에는 나 자신에 대한 형사 사건의 증인으로 다시 고역을 안겨주게 되어 무척 미안스러웠다. 광란에 가까운 유신의 독기 속에서였는지라 증언을 수락하는 것 자체가 힘든 결단이었다. 그런데도 이교수는 독재의 망령이 무겁게 짓누르는 법정에 나와서 현하懸河의 변辯으로 당당하게 증언을 해주었다.

이때 역시 이교수의 증언은 듣는 이의 마음 한복판에 꽂

히는 답변이어서, 변호인과 방청객으로부터는 무언의 갈채를 받은 반면에 그만큼 검사를 당혹하게도 하였다. 반대신문에 나선 검사와의 논쟁성 문답에서도 그는 완승을 거두었다.

그는 문제된 나의 수필 「어떤 조사」가 인도주의에 입각하여 생명의 존엄과 오판의 위험을 상기시킴으로써 사형제도를 비판한 에세이이며, 어느 특정인의 죽음을 지칭하여 쓴 글이 아니란 점을 설득력 있게 진술했다.

그의 의연한 증언을 들으면서 나는 이교수가 공개 법정에서 저렇게 바른말을 하고 난 뒤 혹시 신상에 어떤 불이익이라도 미치지 않을까 걱정스러웠다.

집행유예도 붙지 않은 실형 선고

이교수를 비롯한 여러 증인들의 증언은 나의 무죄를 밝혀주기에 족했는데도 재판부는 시국 사건에서 으레 그랬듯이 유죄판결을 선고했다. 더구나 형의 집행유예도 붙지 않은 실형을 선고했다. 그렇지만 이교수처럼 훌륭한 분들이 용기 있는 법정 증언을 통해서 나의 글을 옹호해준 것만으로도 나는 고마움과 보람을 느낄 수 있었다.

「어떤 조사」 사건은 그후 대법원에서까지 '유죄'가 확정되어 나는 변호사 자격마저 박탈당하고 실업자가 되었다.

이교수의 저작권 전문가 되라는 권유에

내가 1983년에 복권될 때까지 재야와 황야에서 험난한 시대와 싸우는 동안 이교수는 남다른 정으로 나를 응대해주었다. 자신이 주간으로 있던 월간 『문학사상』의 지면을 할애하여 글을 쓰도록 했으며, 내가 저작권의 불모지대에 일찍이 발을 들여놓을 때에도 그의 권면이 적잖은 격려가 되었다.

몇 해 전, 내가 주책없이 강연집을 세상에 내놓았을 때, 이교수는 이런 쪽지 글을 보내주었다.

"같이 늙어간다는 것. 그 대상이 자신의 아내이든 혈육이든 혹은 친구이든 다를 게 없다. 그 사이에는 잘 발효된 포도주 같은 빛깔과 향기가 있다. 나와 한승헌님의 관계가 그렇다. 젊은 시절 호기를 부리던 때나, 희수를 지난 오늘이나 만나면 농을 하고 담론을 즐긴다. 마치 체온기처럼 상대가 품고 있는 마음의 온도를 잴 수가 있다. 가는 길이 다른데도 늘 만나는 접점이 있고 어울리는 울타리가 있다."

한 법관의
'판사실에서 법정까지'

박우동 전 대법관

박우동
朴禹東, 1934~

박우동 전 대법관은 1934년 경상남도 함양에서 태어났다. 부산고를 졸업하고 서울대 법과대학 재학중이던 1956년 고등고시 사법과에 합격해 부산지법, 대구고법 판사, 대법원 재판연구관, 대전지법 부장판사, 서울가정법원장, 법원행정처 차장, 대법관 등을 역임한 후 변호사로 활동중이다.

사법부의 독립과 개혁을 요구하는 판사들의 집단행동인 사법파동은 사법부 출범 후 모두 네 차례 일어났다. 1971년 7월 28일 서울지검 공안부가 서울형사지방법원의 이범렬 부장판사, 최공웅 배석판사, 이남영 입회 서기관 등 세 명에게 뇌물수수 혐의로 구속영장을 청구하며 1차 사법파동이 일어났다. 반공법 위반 항소심 사건에서 변호사에게 뇌물을 받았다는 혐의였으나 시국 사건과 공안 사건에 관한 재판에서 무죄판결을 내린 판사들을 제거하려는 음모라는 의혹이 일었다. 구속영장은 기각되었고, 서울형사지법 판사 37명을 포함해 전국 판사 중 삼분의 일이 넘는 153명이 사표를 던졌다.

예상치 못한 반발과 비판 여론에 박정희 대통령은, 법무부 장관 신직수에게 수사를 중지하라고 지시하는 한편 민복기 대법원장에게 사태 수습을 맡겨 법관의 처우 개선을 약속하고, 문제를 일으킨 검찰도 인사 조정을 해 사법파동은 한 달여 만에 수습되었다.

2차 사법파동은 1988년 노태우 대통령이 전두환 군사정권에서 대법원장을 지낸 김용철을 유임시키며 터졌다. 판사 335명은 '새로운 대법원 구성에 즈음한 우리들의 견해'라는 성명서를 통해 김용철 대법원장 사퇴, 정보기관원 법원 상주 반대, 법관 청와대 파견 근무 중지, 유신 악법 철폐 등을 요구했다.

3차 사법파동은 1993년 김영삼 대통령의 취임 후 서울민사지법 판사 40명이 '사법부 개혁에 관한 건의문'을 대법원장에게 제

출한 사건이다. 군사정권이 막을 내리고 문민정부가 출범했으나 사법부 개혁안이 기대에 한참을 못 미치자, 소장 판사들이 정치 권력에 협력해온 사법부의 자기반성을 촉구하고 사법부의 독립성 확보를 위한 법관의 신분 보장 등을 요청했다.

4차 사법파동은 2003년 서열과 기수에 따른 대법관 제청에 반대하여 판사 160여 명이 연판장에 서명하며 일어났다. 서울지법 북부지원의 박시환 판사는 '대법관 제청에 관한 소장 법관들의 의견'을 통해 항의했다. 그 결과 전효숙 서울고법 부장판사가 여성 최초로 헌법재판관에 임명됐고, 김영란 대전고법 부장판사가 여성 최초로 대법관에 임명됐다.

33년 법관생활의 보람과 고뇌

"법관은 판결로만 말한다." 이 말이 우리나라에서는 법관의 침묵제일주의를 부추기는 쪽으로 오해되고 있다. 나는 그 말이 법관은 판결에 책임을 져야 한다는 명제와 아울러 판결문 밖에서의 변명이나 췌사를 경계하는 데 참뜻이 있다고 믿는다.

그런데도 법관들 중에는 판결문 이외의 글, 아니면 논문 이외의 글을 쓰는 것은 무슨 금기나 외도처럼 여기는 사람도 많다. 그래서 사법의 모습은 화신化身 아닌 화석化石으로 굳어간다. 특히 법관의 인간다운 심성, 고뇌, 회한, 그리고 사법부와 재판의 꾸밈없는 내면 등에 관해 기록하는 사람은 거의 없다.

이쯤 되면 박우동 변호사의 회고록 『판사실에서 법정까지』의 발간 자체에 큰 의미를 부여하고자 하는 필자의 생각에 독자 여러분도 공감해주시리라고 믿는다.

이 책에는 저자가 1960년 8월에 판사로 임관된 때부터 1993년 10월 대법관 임기 만료로 법원을 떠날 때까지의 사법부와 재판에 관한 회고가 담겨 있다. 그는 장장 33년이 넘는 법관생활에서 느낀 보람과 고뇌를 진지하고 치밀하게 여기에 기록해놓았다.

책의 짜임새를 보면, (1)지방법원 판사 시절, (2)고등법원 판사 시절, (3)지방법원 부장판사 시절, (4)고등법원 부장판사 시절, (5)지방법원장 시절, (6)대법원 판사 시절, (7)대법관 시절로 나뉘어 있고, 내용상으로는 법관생활에 얽힌 개인적인 회상, 구체적 사건의 재판에 얽힌 사연, 그리고 격동기의 사법부의 내막 등 매우 다양하다.

돌이켜보건대, 우리 역사를 흔들어놓은 군사정권하의 정치적 소용돌이 속에서는 사법부도 건강과 평안을 유지하기가 어려웠다. 그래서 사람들은 '비정상'이 지배할 때의 이야기를 더욱 주목하게 된다.

초임 판사 시절, 영장令狀 당직을 소홀히 했거나 외식을 했다는 이유로 판검사들이 영관급 현역 장교인 국가재건최고위원에게 혼이 난 일이며, 저자 자신도 중앙정보부(지부)

에서 신청한 구속영장을 기각했다가 법원장의 부르심까지 받은 경험 등이 우습고도 기막히다. 이런 일은 차츰 번져나가 유신 치하에서 절정을 이루었다고 하니, 사법권 독립에 관한 우리의 걱정은 정당했던 것이다.

나는 작년(1994년) 가을, 박변호사의 회갑기념논문집 간행 축하 모임에서 축사를 하는 가운데, 그분의 절제節制된 언동과 처신을 칭송하였다. 매사에 지나침이 없는 그분다운 자기 억제와 중용中庸의 처신에 많은 사람들이 경외심을 갖고 있다. 이 책에서도 그의 '절제'는 그대로 실증되어 과장이나 장황한 서술이 없다. 자신을 미화하거나 과시하려는 흔적은 더구나 발견되지 않는다.

재판의 숙명적 한계에 대한 고민

독자는 이 회고록 첫머리에서 먼저 '고민하는 법관상'과 마주하게 된다. 저자는 머리말에서 "불완전한 존재로서의 인간이 하는 재판의 숙명적인 한계"를 고민하고 있다. 진실 발견을 위한 고민을 되풀이하고, 자기가 한 재판에 한 점 오류가 없었노라고 자신할 수 없음을 숨기려 하지 않는다.

저자의 이런 겸허한 자성自省은 재판의 정확도와 공정성을 마치 과녁을 향해 던지는 돌팔매에 비유한 고 김홍섭 판사(전 서울고등법원장)의 말씀을 떠올리게 한다.

그러나 법관의 그런 고민은 재판 그 자체의 속성 때문에 생기는 것으로서, 어느 나라 어느 시대의 법관도 피할 수 없는 정신적 관문이다.

그런데 우리가 이 책에서 주목하는 바는, 한국적 정치 풍토 아래서 겪어야 했던 한국적 사법의 특이한 체질과 고뇌에 대해서이다. 두 번에 걸친 사법파동은 그런 의미에서 매우 상징적이다.

1971년의 사법파동은 당시의 현직 법관으로서는 언급하기가 쉽지 않을 터인데도 저자는 굳이 이를 피하지 않았다. 그때 서울고법 판사였던 저자는 사법파동의 종식을 위하여 대법원장의 결단을 촉구하는 호소문을 몸소 기초하여 법관들이 사표를 철회할 명분도 줄 겸 이를 공표하였던 것이다. 그런데 '아무것도 얻은 것이 없이 쓸쓸하게 끝난 마무리'라는 그의 표현이 우리를 정말로 씁쓸하게 만든다.

1996년 6월 15일, 6공(노태우 정권)의 대법원 구성을 앞두고 재경 소장 판사들이 일으킨 제2의 사법파동에 대해서도 저자는 당시 사법부에 대한 외부의 비판을 여과 없이 옮겨 놓으면서 그때의 진통을 되새겨보고 있다.

군사정권하에서 빈발한 시국 사건 재판은 이 땅의 사법부에 적잖은 불명예와 상흔을 남겼다. 특히 공안 사건 중에는 앞서 본 대로 "북한에 동조하는 행위로 처리하기가 곤란하다고 생각되는 공소 내용도 있었다"고 저자는 실토했지만, 그것이 결코 한두 사람의 법관만이 겪은 '곤란'은 아니었다는 데 문제의 심각성이 있다. '골치 아픈 사건'이란 말에는 법관이 소신껏 재판하기가 어렵다는 뜻도 포함되어 있었다고 본다.

파기환송 관철 못한 주심 대법관의 심정

저자는 한 국가보안법 위반 사건의 주심 대법관으로서 소신을 살려 파기환송을 하였다가 "사회적 분위기가 음산한 때인지라 선고한 다음날 아침 불쾌한 이야기가 들려와 기분을 상한 것이 엊그제 같다"고 회고한다. 사법부의 양심을 지키기 위해 힘쓴 이런 법관이 있었다는 것은 우리의 자랑이자 희망이 아닐 수 없다. 반면, 저자는 대법관 재임 당시, 어떤 상고심 사건의 파기환송을 주장했으나 대법관들의 합의 과정에서 여의치 못했던 경우를 몹시 마음 아파했다.

박변호사는 사법부에 대한 각계의 비판에 대해서도 굳이 반론을 펴기보다는, 그런 비판적인 글들의 원문을 길게 인용·소개함으로써 공감과 수용의 흔적을 보여주었다.

이 책에는 또한 「고등법원에서의 형사재판」「대법원의 재판은 어떻게 이루어지는가?」「대법원의 파기환송 판결」 등 외부에서는 알기 어려운 사법(부)의 실상을 생생하게 알려주는 여러 편의 글도 실려 있다.

『판례월보』의 창간, 민사실무연구회의 리더

저자는 학구적인 법관으로 정평이 나 있다. 이미 1970년에 『판례월보』의 창간을 주도하였고, 1974년에 발족한 민사실무연구회의 리더였으며, 많은 연구 논문을 발표하였을 뿐 아니라 민사소송법 분야의 저서를 여러 권 집필한 것도 법조계 안팎에서 익히 알려져 있는 사실이다.

그러므로 그가 1989년에 한국법률문화상을 수상한 것도 아주 자연스러워 보였다. 그런 학구적 자세는 이 회고록에도 잘 반영되어 있다. 회고록에서 흔히 볼 수 있는 사적私的 담론의 문투가 아니라 전혀 흐트러짐 없는 탄탄하고 품격 높은 문장으로 시종하고 있다. 또한 이 책에는 하급법원의 평판사에서부터 부장판사, 법원장, 법원행정처장, 대법관까지 사법부의 요직을 두루 거친 저자의 경험이 기록으로 잘 정리되어 있어서 더욱 다채롭고 유익하다. 조금도 자랑이나 변명에 치우치지 않고, 담담하게 객관성을 살린 필치여서 설득력과 공감이 한결 더 진하다. 이 땅의 법조인과 법학도들이 반드시 읽어야 할 명저라고 생각된다.

사족蛇足 한마디. 필자는 박변호사와 고등고시 사법과 합격연도와 생년월이 똑같고, 생일만 딱 하루 내가 앞선다. 이런 태생적 밀착성(?)과 후천적 친분 때문에 이 글에서는 오히려 칭송은 되도록 억제하였다. 그분 역시 정실情實에 의한 글은 원치 않을 테니까.

법관의 정통 코스를 두루 거치다

그는 법관의 정통 코스처럼 되어 있는 서울대 법대를 나와 판사가 된 후, 실력과 신망으로 주목을 받으며 법관이 가고 싶어하는 요직을 두루 거쳐 대법관까지 역임했으니 화려한 경력을 뽐낼 만도 하다. 그런데 그의 저서 『법의 세상』의 표지 날개에 보면, "경상남도 함안에서 태어나 서울대학교 법과대학을 졸업했으며, 각급 법원의 판사를 거쳐 대법관을 역임한 뒤, 지금은 서울에서 변호사로 활동하고 있다" 이렇게 단 석 줄이다. 그의 성품이 이런 데서도 드러나 있다.

그전에 나온 『판사실에서 법정까지』를 보더라도, 법관으로서의 겸허한 자기 성찰이 매우 진지하다. 일본에서 태어나 북한에 다녀온 뒤 남한에 왔다가 국가보안법으로 구속되어 무기징역을 받은 강 아무개의 사건을 두고, 그런 아쉬움을 반추한다.

그는 대법관 퇴임 후 세 권의 법조 체험 산문집을 냈다. 맨 처음의 『판사실에서 법정까지』에는 자신이 1960년 8월, 판사로 임명된 후 1994년 10월 대법관을 정년퇴임할 때까지 34년 동안에 걸친 법관생활을 회고하는 글이 수록되어 있다. 두번째로 2003년에 나온 『변호사실 안팎』은 변호사 생활 10년 동안의 애환을 담은 에세이집이며, 2006년에 나온 세번째 저서 『법의 세계』는 법의 본질과 그 적용의 현실을 따져보는 글들로 넘쳐 있다.

그는 국회의 입법권 행사의 문제점을 지적하고, 법의 안정성을 해치는 빈번한 법의 개폐, 국가보안법 개폐 논쟁, 악법과 저항권 등에 대해서도 살피고 있다. 언뜻 보수적 견해에 기울어 있다는 느낌을 주기도 하지만, 사회 안정을 염두에 둔 온건론으로 이해되어야 할 측면을 놓쳐서는 안 될 것이다.

'기각'에 밀린 '환송' 그 고민과 안타까움

그는 『판사실에서 법정까지』에서 한 국가보안법 사건의 대법원 판결에 대한 아쉬움을 공개하기도 했다. 공소장에 의하면 대체로 이런 사연이었다.

열일곱 살 때 일본으로 밀항하여 조총련계 고급중학교를 나온 한 젊은이가 북한의 공작선을 타고 평양에 가서 노동당에 입당하고 12일 만에 일본으로 돌아왔다. 그는 수사기관에서는 물론 1심 재판에서 범죄 사실을 자백했지만, 항소심에 와서는 범죄 사실을 부인했다. 수사관의 협박과 꼬임에 못 이겨 자백을 했다는 것.

그러나 고등법원은 1심에서의 자백을 이유로 '항소 기각'. 이 사건의 주심 대법관이었던 저자는 피고인의 자백에 의문점이 많아서 대법관들과 합의合議하는 자리에서 "사건을 파기환송하여 좀더 심리해보자"는 의견을 냈으나 다른 법관들의 강한 반대에 부딪혀 '상고 기각'으로 종결되고 말았다.

그는 못내 아쉬워하면서 이렇게 회고했다. "피고인의 자백에는 상식에 어긋나는 부분이 많은데다가 공소사실에 조작성이 보였다. 또 국내에서 간첩이라는 것도, 어디에 발전소가 있고 군부대가 있는 것을 탐지했다는 등, 거의 공개되었거나 판에 박은 것들이었다. 사형 다음의 중형을 선고한 판결에서 재판장이 그렇게 아무런 고뇌의 흔적도 남기지 않을 수 있단 말인가?"

그는 용공 사건이면 '묻지 마 유죄'요, '상고 기각'이라는 대법원의 관행(?)을 자성하고 반추하는 보수 법관이었던 것이다. 그러기에 반공법으로 징역살이를 하고 정권에 밉보이는 나 같은 사람과도 지극한 우정을 이어오고 있는 것은 아닐까?

‘지리산 전력’의 민족경제론자와 ‘개판’

박현채 교수

박현채

朴玄埰, 1934~1995

박현채 교수는 1934년 전라남도 화순에서 태어났다. 보통학교 때 『자본』을 읽었다고 전해질 만큼 영특했다. 1946년 화순탄광 노동자 봉기를 목격하면서 민중의 편에 서기로 결심해 평생 이를 실천했다.

1950년 한국전쟁이 터지자, 광주서중학교에 재학중이던 박현채는 화순 백아산에 입산해 빨치산 소년 돌격부대 문화부 중대장으로 활동했다. 조정래의 소설 『태백산맥』 속 소년 병사 조원제의 모델이 이때의 박현채라는 이야기는 유명하다. 1952년 하산해 1954년 전주고등학교에 편입한 뒤 1955년 서울대 상과대학에 입학했으나 어린 시절의 전력 때문에 늘 권력의 삼엄한 감시를 받았다. 특히 1964년 인혁당 사건에 연루돼 옥고를 치른 뒤 약 20년간 재야 학자로 살면서 마르크스주의를 토대로 한 민중과 민족 중심의 실천적 경제를 연구했다.

서울대 대학원 이론경제학과에 다니면서 한국농업문제연구회 연구원으로 학문적 기틀을 닦은 박현채는 1971년 『대중 경제론 백문백답』을 펴내는데 이는 김대중의 '대중 경제론'에 영향을 주었다. 1978년에 대표 저서인 『민족경제론』을 내놓았다. 여기서 박현채는 일제 강점기의 경제 침탈부터 산업화 시대의 차관 경제에 이르기까지 한국 자본주의의 구조를 분석했다. 『민족경제론』은 대외의존에서 벗어난 자립경제를 강조한 내용 등으로 1980년대 지식인 및 학생들의 필독서로 자리잡았다.

『민족경제론』은 판금되나 박현채는 정권의 탄압에 굴하지 않고 재야 학자로 연구를 계속해나갔다. 1985년 『창작과비평』에 발표한 「현대 한국사회의 성격과 발전 단계에 관한 연구」로 '사회구성체 논쟁'이 촉발되기도 했다. 1988년 한국사회연구소(현 한국사회과학연구소)를 설립했으며 1989년부터는 조선대학교 경제학과 교수로 자리잡았다. 왕성하게 연구 및 저술활동을 이어

갔으나 1995년 갑작스럽게 세상을 떠났다. 사후 고 박현채 추모집과 전집이 발간돼 그의 삶을 기렸다.

빨치산 소년의 파란만장

박현채 교수는 발이 넓었다. 많은 선배·동학同學이 있고, 그를 따르는 후배들은 더욱이나 많았다. 그러니까 그를 회고하는 글을 쓸 사람은 제제다사濟濟多士일 터이고, 나는 자칫 섣부른 이야기를 써서 중복이나 오류의 우를 범하지 않을까 염려된다.

경제학자, 민족경제론자, '지리산(빨치산)' 경력(1950년에서 1952년 사이, 빨치산 소년 돌격부대 문화부 중대장), 민주화운동 참여, 호방한 성품 등 그의 인간됨에 대해서는 자세하고 정확하게 쓸 분이 많을 줄로 안다.

내가 알기에 그는 공부를 참 많이 해서 글을 매우 어렵게 쓴다는 것, 신념이 강해서 매사에 적극적이고 강경론자라는 것, 술을 좋아하고 호탕해서 어울리는 친구와 후배가 많다는 것 등이 정설이다.

그의 강직한 성품은 군사독재 치하의 민주화운동에서 이

미 검증된 공지公知의 사실이다. 애주가라는 사실도 역시 주지의 사실이고, 나도 현장을 함께할 기회가 더러 있었다.

또하나의 중요한 경력, 그는 1979년에 국가보안법 위반으로 구속되어 재판을 받았다. 그러나 나는 변호인석 아닌 방청석에서 손을 흔들기만 했다. 나 자신도 1975년에 반공법 위반으로 묶여 들어가서 유죄판결을 받고, 변호사 자격까지 박탈당하여 줄곧 실업자로 살아오던 참이었기 때문이다.

이야기를 서둘러서 박교수와의 다른 인연 쪽으로 넘어가야겠다.

10 · 26 이후의 기대와 반동

1979년 10 · 26사태가 터지자 국민들은 곧 유신통치가 사라지고 민주정부가 수립될 것으로 기대하고 있었다. 그런데, 난데없는 정치군인(전두환, 노태우 등)들에 의해서 12 · 12사태(정승화 육군참모총장을 총격전 끝에 체포)가 벌어져서 국민들을 불안하게 했다. 재야 민주세력과 일부 정치권, 학생들은 이러다가 군부 지배의 정치로 되돌아가지 않겠는가, 하는 조바심에서 비상계엄 해제와 군의 원대복귀를 요구하는 성명을 발표하고 지속적으로 시위를 이어갔다. 이 단계에서 소위 '5 · 17사태'가 터졌다.

전두환 일파는 소위 김대중 내란음모 사건으로 김대중 선생을 비롯한 재야인사들을 대거 체포 구금하여 저항세력의 주공主攻을 막고자 했다. 나도 그 사건에 조연급 내지 엑스트라로 스카우트되어 남산에 끌려갔다. 그리고 서울구치소, 육군교도소, 김천소년교도소를 편력한 뒤 1981년 5월, 부처님 오신 날에야 풀려났다.

설악산에서 태어난 '개판'

한 주일이 모자라는 1년 만에 집에 돌아와서 심신을 쉬고 있는데, 설악산에 갈 기회가 찾아왔다. 그러니까 1981년 7월쯤이던가, 한 시대의 무도한 독재권력으로부터 얻어터지며 살아온 이른바 민주인사들과 그 가족들이 한 무리를 이루어 설악산을 오르게 되었던 것.

몹시 무더운 여름 날씨에 나는 가뜩이나 허약해진 몸을 이끌고 앞서가는 이들의 뒤를 따라가는 식이었다. 도중 파라솔 매점 그늘에서 우연히 몇 사람이 함께 쉬게 되었다. 박현채 교수는 주연급이었고, 거기에 여성 근로자들의 대모격인 조화순 목사, 김대중 내란음모 사건으로 복역한 이해동 목사와 나 이렇게 네 사람이 둘러앉아 땀도 식힐 겸 이런 저런 이야기를 하던 중, 우리 넷이 모두 1934년생, 개띠甲戌生임을 확인하고 한바탕 웃었다. 우리 동갑끼리 함께 모임을 만들자는 이야기가 그 자리에서 나왔고, 개띠끼리니까 이름을 '개파티'로 하자는 제의도 나왔다. 그때 내가 "개에게 무슨 파티인가, 개가 모이는 판이니까 '개판'이라고 하는 편이 더 좋겠다"고 했다. 이렇게 하여 마침내 '개판'이란 모임이 탄생하였다.

인고의 자부심을 안고

우리들 사이의 공통점이라면 동갑내기란 점 말고도 우선 반독재 민주화를 위한 싸움의 동지이자 빵잽이(수감 경력자)들이었다는 점을 들 수 있었다. 그리고 어느 정도 인고忍苦의 삶을 헤쳐나왔다는 자부심도 비슷했다.

'개판'은 자주 만나기는 어려웠고, 가끔 모였다. 처음엔 매달 모이자고 사뭇 의욕을 보였으나 그런 빈도는 욕심이었고, 격월쯤으로 가다가 한 철에 한 번쯤으로 밀렸다. 그런 가운데 나중엔 김중배 사장(동아일보 편집국장을 거쳐 한겨레신문사, 문화방송의 사장을 지냈다)도 참여하게 되었다.

모이는 곳은 일정하지 않아서 돌아가면서 집에서도 모이고 밖의 음식점에서도 만났다. 친목 이상의 목적을 가진 것은 아니지만, 그래도 체질은 아주 버릴 수 없어서 시국 이야기와 세상사에 화제가 미끄러져 들어가면, 분노를 바탕으로 한 열변과 개탄이 상승곡선을 오르내리곤 했다.

술을 잘하는 편인 박교수는 거나하게 취기가 돌면 좌중의 담론을 지배하는 위력을 과시했다. 그는 성량도 대단한 데다가 직설을 피하지 않았다. 보통의 학자들과는 품성이 달랐다. 그의 보스형 기질과 선이 굵은 성품이 사회운동에서나 학문에서 남달리 통 큰 일을 마다하지 않은 저력이 아니었을까 싶다.

그래도 그는 개판 모임에서는 상대적으로 온건한 편이었다. 다른 모임에서는 논쟁이 가열되거나 하면 주변 살피지 않고 고음이 파열되었고, 연상연하를 불문하고 맹공을 서슴지 않는 사례도 있었다고 평판이 나 있었다.

그런데 나에게는 유난히 그러지 않았다. 첨예하게 대립할 만한 일이 있었던 것도 아니었지만, 실인즉 나와의 학연 때문이 아니었나 싶다. 나이는 같지만 그는 지리산에서 나온 뒤, 광주고로 복학하는 대신 전주고로 전학을 했는데, 그 과정에서 나의 1년 후배가 되었다. 아마도 그런 사정이 잠재의식으로 작용하여 '선배'에 대한 예우(?)를 염두에 두고 그러지 않았나 싶다.

『민족경제론』과 '사회구성체' 논쟁

박교수는 박정희 유신통치가 극에 달했던 1978년에 저 유명한 『민족경제론』을 세상에 내놓아 많은 사람에게 큰 영향을 주었고, 학계에도 적지 않은 파문을 일으켰다. 특히 젊은 청년 학생들 중에는 박교수의 논문과 저서에서 큰 감명과 영향을 받았노라고 고백하는 사람이 많았다. 나에게도 『민족경제론』을 보내주었는데, 나의 전공 분야가 아닌데다가 매우 어렵게 쓰여 있어서 읽기에 매우 힘들었다. 그러나 그의 민중·민족을 사랑하는 열정과 학문적 탐구정신만은 충분히 감지할 수가 있었다. 그 책은 최근 교수신문과 KBS

공동설문조사에서 '해방 이후 60년간 학문적으로 가장 큰 영향을 준 책'의 여섯번째로 꼽혔다.

1980년 중반의 당시 한국사회를 반半봉건국가로 보는지, 국가독점 자본주의하의 신식민지로 보는지를 둘러싸고 벌어진 이른바 '사회구성체 논쟁'에서도 박교수는 주역 노릇을 했다.

무산된 합동 회갑 모임과 '맹견주의'

우리 개판 식구들이 오십대의 아홉(9) 자를 지나고 있을 때 회갑잔치에 대해서 합의한 사항이 있었다. 아직도 세상은 어수선하고 또 어려운 민생이 여전한데, 각자 별도로 회갑잔치를 할 수는 없고, 그렇다고 아예 그냥 넘어갈 수도 없으니, 절충안으로 합동해서 모임을 갖기로 한 것. 그때 나는 이왕 합동 회갑연을 하게 될 바에는 그 회장 입구에 '맹견주의'라고 써붙이자고 했다. 우리 각자는 나름대로 권력과 세상을 향해서 멍멍 짖어온 터였으니까……

그러나 이 언약은 지켜지지 못했다. 인천·부천 지역 여성 노동자들이 노동운동의 대모로 모시는 조화순 목사의 회갑을 따로 차려주었기 때문이다.

그토록 우람하고 건강해 보이던 박교수가 1995년 8월 17일, 정말 뜻하지 않게도 일찍 타계하고 난 뒤 개판 모임도 시들해졌다. 역사의 한복판에서 처절하게 불의와 맞서 싸우던 한 세대, 아니 한 시대가 어느새 이렇게 기울고 있다.

박현채 교수. 그의 삶이 강렬했던 만큼 그가 남긴 자욱도 강렬하고 우리에게 남기고 간 추억도 강렬하다.

거둘 것이 많은
그의 비범한 삶

김상현 의원

김상현

金相賢, 1935~2018

김상현 의원은 1935년 전라남도 장성군에서 태어났다. 십대 때 부모를 여의고 야간고등학교에 다니며 구두닦이, 신문팔이, 관공서 심부름꾼, 뜨내기 장사꾼 등으로 일했다. 그러다 김대중 전 대통령이 운영하던 동양웅변학원에 취직해 이때의 인연으로 김대중의 참모이자 민주화 동지로서 한국정치사의 한 장을 써내려갔다.

서른한 살이던 1965년 민중당 소속으로 서울 서대문갑 보궐선거에 당선되어 정계에 입문해 내리 3선을 하며 승승장구했다. 1971년 김영삼 전 대통령이 '사십대 기수론'을 내세우며 신민당 대선후보 경선에 나오자 김상현은 당시 상대적으로 세력이 약했던 김대중에게 대선 출마를 요청해 최종적으로 김대중이 대선 후보가 되었다.

1972년 10월 박정희 정권이 유신을 선포하며 이에 대한 야당과 국민의 분노와 반대가 거세어져 정권의 탄압을 받기도 했다. 당시 국회내무위원회 야당 간사였던 김상현은 추석 떡값을 받았다는 이유로 입건 구속돼 3년 형을 선고받아 복역했다. 출소 후 재야에서 활동했으나 1979년에는 YWCA 위장결혼식에 참석했다가, 1980년에는 김대중 내란음모 사건에 엮여 지독한 고문을 당하고 수감생활을 하게 되었다.

정치인 김상현의 친화력, 포용력, 순발력, 협상력, 추진력, 통찰력이 가장 빛났던 때는 1984년이었다. 당시 미국에 체류중이던 김대중을 대리하여 김영삼과 야당세력을 중심으로 민주화추진협의회를 결성하고 공동의장 권한대행으로 활약했다. 탁월한 언변과 특유의 유연함으로 여러 '계파'들을 한자리에 모았고, 신한민주당의 창당준비위원이 되어 1985년 2월 총선에서 신민당 돌풍의 주역이 됐다. 1987년 6월 민주화운동 이후 김대중과 김영삼이 평화민주당과 통일민주당으로 갈라지자 김영삼 곁에 남

았으며 이때 김대중과의 오랜 동반자 관계에 균열이 오고야 말았다. 이후 1990년 김영삼은 노태우, 김종필과 삼당 합당을 하여 민주자유당을 창당하나 김상현은 이들의 '야합'에 동참하는 대신 이기택, 노무현 등과 이른바 '꼬마 민주당'을 꾸리며 지조를 지켰다. 이후 14대, 15대 국회의원으로 당선되었고 여러 정당과 계파를 오가며 정치 인생을 계속했다. 김상현은 2004년 총선에서 낙선한 뒤 정계를 은퇴했으며 더불어민주당 상임고문직을 맡아 일했다. 2018년 4월 18일 노환으로 별세했다.

『다리』 필화 사건으로 친해진 50년 지기

후농 김상현과 나는 50년이 넘는 험난한 세월 속에서 정말 따뜻한 우정으로 교분을 쌓아온 사이였다. 지난 4월(2018년) 그믐께 그가 타계했을 때에도 언론사에서 나에게 추모의 글을 청탁할 만큼 우리 사이는 세상에 알려진 터였다.

우리 사이의 그러한 인연은 박정희 군사독재 덕분에 그 막이 올랐다. 나는 1971년에 일어난 세칭 『다리』 필화 사건을 변호하게 되었는데, 그 잡지의 실질적인 발행인이 바로 후농이었던 것이다. 그해 10월호에 실린 문학평론가 임중빈 씨의 글이 '용공'이라고 해서 필자, 발행인, 주간, 이렇게 세 사람이 반공법 위반으로 구속 기소되어 재판을 받게 되었던 것이다.

그런데 당시 반공법 위반 시국 사건치고는 아주 이례적으로 1심에서 무죄판결이 났다. 담당 판사(서울형사지방법원 목요상 판사)의 용단이 놀라웠는지라 언론에서도 대서특필

하였다.

더욱 놀랍기는 항소심과 대법원에서도 내리 '무죄'가 선고되었다. 그런데 1심 담당 판사가 지방으로 좌천이 되고, 마침내 옷을 벗는 사태가 일어났다.

'으악새' 모임의 탄생

1970년대 들어서면서부터 이 땅에는 박정희 정권의 독재 탄압에 걸려 무단 해직을 당하거나 감옥에 가는 사람들이 늘어갔다. 그런 상처를 입은 몇 사람이 분노와 외로움을 푸는 자리를 거듭 함께하다가 마침내 '으악새'라는 이름의 모임이 생겼다. 후농을 필두로 하여 『전환시대의 논리』로 유명한 리영희 교수, 진보당 사건의 이상두 연구위원, 성균관대에서 해직된 장을병 총장, 『다리』 필화 사건으로 옥고를 치른 윤형두 범우사 대표, 서울대 해직 교수인 한완상 박사, 대법원 판결로 무직자가 된 한승헌 등 일고여덟 명이 회원(?)이었는데, 싸구려 선술집 같은 데서 모이면 으레 '으악새 슬피 우니'로 시작되는 고복수의 〈짝사랑〉을 즐겨 불렀기 때문에 '으악새'라는 이름을 붙였다.

반공법의 올가미에서 5·17까지

1975년 봄에는 내가 반공법 필화 사건으로 구속되었다. 한 시국 사건의 변호를 중단하라는 중앙정보부의 협박성 요구를 거듭 거부했다가 반공법의 올가미에 걸리고 말았던 참인데, 이때 후농을 비롯한 으악새 멤버들은 법정 방청은 물론이고, 우리 가족에 대해서도 따뜻한 격려와 온정을 아끼지 않았다.

1979년 가을, 뜻밖의 10·26사태로 박정희 대통령이 살해된 후, 민주화의 봄을 기대하던 국민들 앞에 난데없는 5·17사태가 터졌다.

보안사의 전두환 소장 등 정치 군부가 역심逆心을 품고, 저들의 불법 집권에 가장 장애가 되는 김대중 중심의 민주 세력을 '내란음모'로 몰아 '남산'의 지하실에 불법 구금되었다. 후농은 바로 내 옆방에 갇혀 있었다. 군사법정에서도 후농은 군 검찰관에게 역공을 하는 등 당당했다.

그의 친화력과 관용, 불굴

그는 의리를 중히 여겼고, 남에게 베풀기를 좋아했는가 하면, 놀라운 포용력으로 사람을 감동시키곤 했다.

후농에 대해서는 흔히 마당발, 친화력, 타협과 관용이라는 말이 따른다. 그의 인성人性에 이 땅의 정치인들이 벗어나지 못하는 편협과 과격을 초월하는 장점이 있음은 사실이다. 그렇다고 그가 그냥 무골호인은 아니었다. 그의 도량과 사람 냄새는 유화의 표본이었지만, 독재권력에 대해서는 전혀 달랐던 것이다.

나는 삼십대 시절부터 그와 형제처럼 지내왔기 때문에 누구보다도 그의 본성을 잘 알고 있다. 나는 그의 삶의 특징을 비범, 불굴, 낙관으로 압축하고 싶다. 고등학교 중퇴의 몸으로 29세에 국회의원이 되어 전후 6선을 거듭한 입지전적 발자취도 비범의 한 자락이다. 흔히 말하는 타협과 용서의 실천 또한 '비범'에 포괄될 수 있다.

그러나 무엇보다도 그는 불굴의 인간이다. 그 점에 대한 증인은 바로 박정희와 전두환이다. 박정희의 유신 선포에 순응했다면, 당시 현역 국회의원이던 그가 추석 떡값 때문에 구속될 리가 없었다. 그것도 내무위의 여야 간사가 합의하여 모금 분배한 것인데, 야당 간사인 후농만 당했던 것이다.

또한 10·26 후 그가 전두환의 집권 야욕에 침묵했더라면,

보안사에 끌려가서 피투성이가 되지도 않았을 것이며, 조작된 김대중 내란음모 사건에 몰려 고문과 옥고를 치르지 않아도 되었을 것이다. 모두가 자신의 불굴이 자초한 수난이었다.

후농의 변호인과 공범으로서

나는 앞서 본 1972년의 야당 의원 탄압 사건에서는 후농의 변호인이었고, 1980년의 소위 김대중 내란음모 사건 때에는 남산 지하실 바로 옆방에 수감되어 고문을 당하고 징역을 산 공동피고인 사이였다. 그처럼 인생의 가장 험난한 시기에 서로 밀착해서 살아온 터이기에 그가 적어도 권력에 대해서만은 불굴의 투사였다는 사실을 증언할 수 있다.

우리는 당시 박정권의 탄압으로 해직, 추방된 동지들과 '으악새'라는 모임을 만들어 자주 만났고, 싸구려 집에서 식사를 하며, 고복수의 〈으악새〉를 떼창하기도 했다. 더러는 야외에도 나가고 테니스도 같이 쳤다. 그런 과정에서 우리는 침울이라는 것을 모르고(전혀 드러내지 않고?) 즐겁게 떠들곤 했다. 물론 우스갯소리가 만발하기도 했는데, 그 주연은 언제나 후농이었다.

후농에게는 이런 일화도 있었다. 결혼식장에 가서 틀림없이 봉투를 내놓고 왔는데, 사무실에 돌아와보니, 축의금 봉투가 주머니에 그대로 있지 않은가? 놀라서 알아봤더니, 글쎄 취직 부탁 받은 이력서 봉투를 잘못 내놓고 온 바꿔치기 사고였다. 나는 후농의 후원회장으로서 후원금 모금 집회에서 그 이야기를 소개하고 나서 이렇게 외쳤다. "보십시오, 후농은 자신도 실업자이면서 그처럼 남의 취직을 위해서 동분서주하는 인물입니다, 여러분!" 물론 우레와 같은 박수가 터져나왔다.

그의 해학 또는 유머 또한 일품이었다. 내가 변호했던 시국사범들이 징역을 살게 되는 현상을 두고 그는 "한변호사가 변호한 사람치고 징역 안 간 사람 있으면 손들어보라"며 빈정대기도 한다. 그러면 나도 "징역 가면서도 나에게 고맙다고 인사 안 한 사람 있으면 손들어봐!"라고 응수를 한다. 거기에 그치지 않고, "내가 변호한 사람치고 석방 안 된 사람이 하나도 없다. 최악의 경우에도 만기 석방으로 다 풀려나왔거든".

후농! 하늘나라에서는 전생前生에서 겪은 고난 속의 은총을 되새기며 편히 쉬십시오.

박정희 정권의
'사법살인'과
분노의 미루나무

인혁당 사형수
여정남 군

여정남
呂正男, 1944~1975

여정남은 1944년 5월 7일 경북 대구에서 태어났다. 경북고등학교를 졸업하고 경북대학교 정치외교학과에 입학해 학생회장으로 선출됐다. 한일회담 반대투쟁을 주도하고 정진회 필화 사건에 엮이는 등 경북대 학생운동을 주도하며 반독재투쟁을 이어갔다. 1974년 민청학련의 이름으로 학생운동을 주도하나 민청학련의 배후가 인혁당의 재건 위원회라고 몰려 체포됐다. 군법회의에서 1심과 2심에서 사형을 선고받고 1975년 형이 집행돼 세상을 떠났다. 그의 뜻을 기리기 위해 여정남기념사업회가 세워졌다.

인혁당 사건은 박정희 정권이 반대세력 제거를 위해 꾸민 공안 사건으로, 두 차례에 걸쳐 발생했다. 1964년 한일회담 반대투쟁을 진압하기 위해 박정희 정권은 6월 3일 비상계엄령을 선포하고 관련자를 대대적으로 색출해 "북한의 노선에 따라 움직이는 반국가단체 인민혁명당이 각계각층의 인사들을 포섭해 당 조직을 확장하려 했다"며 마흔한 명을 검거하고 열여섯 명을 지명수배했다. 8월 17일 피의자들은 검찰에 송치되었고, 서울지방검찰청 공안부가 기소를 담당했으나 죄목을 입증할 만한 증거가 불충분할뿐더러, 조사과정에서 고문과 가혹행위가 있었다는 사실이 밝혀지면서 이용훈 부장검사 등 담당 검사 네 명이 공소유지불가능을 이유로 기소를 거부했다. 결국 서울고등검찰청이 재조사를 진행해 열세 명을 반공법 위반 혐의로 기소했다. 1965년 1월 20일 열린 1심 재판은 도예종, 양춘우 두 명에 대해서만 유죄로 판단했으나, 항소심 재판부는 전원에게 징역 13년에 일부 집행유예 판결을 내렸다. 이는 9월 21일 대법원에서 확정되었다.

인혁당 사건은 1974년 4월, 유신반대투쟁을 벌인 전국민주청년학생연맹을 수사하는 과정에서 다시 불거졌다. 중앙정보부는 민청학련의 배후에 '인혁당 재건위'가 있다면서 관련자 스물세 명을 구속했다. 1심에서 양측의 연결고리로 지목된 여정남 등 여덟 명에게는 사형을, 열일곱 명에게는 징역 15년부터 무기징역을 선고했고, 1975년 4월 8일 대법원이 상고를 기각, 형이 확정되자 이들은 이튿날 새벽, 선고로부터 열여덟 시간 만에 처형당했다.

국제법학자협회가 '최악의 사법살인'으로 꼽은 인혁당 재건위 사건은 2002년에야 진상이 밝혀졌다. 의문사진상규명위원회는 인혁당 사건이 고문으로 과장 및 조작됐다고 결론지었고 재판부도 피고인들의 몸에 고문 흔적으로 보이는 상처가 있었고, 변호인이나 가족과의 면담이나 접견이 허락되지 않은 상태에서 수사를 받았다는 자료 등을 토대로 국가의 불법행위를 인정했다.

1975년 4월 9일 새벽

서른한 살의 청년 여정남, 그가 서울구치소 사형장으로 끌려가던 1975년 4월 9일 새벽녘, 그의 변호인이던 나도 같은 구치소의 독방에 갇힌 몸으로 잠을 자고 있었다. 그때의 내 수난이란, 하필이면, 사형제도를 비판한 글을 트집잡은 반공법 필화 사건이었다. 당시의 집권자는 그처럼 '사형'을 흉기로 삼는 공포정치도 서슴지 않았다. 여정남은 세칭 '인혁당 (재건위) 사건'과의 연결고리로 '민청학련 사건'에 접목시켜놓은 피고인이었다. 그는 인혁당 사건의 다른 피고인 일곱 분과 마찬가지로 처참한 고문과 허위 자백, 그리고 꼭두각시 재판을 거쳐 1975년 4월 9일 새벽, 대법원 판결(사형 확정) 열여덟 시간 만에 형장으로 끌려가서 '사법살인'의 원혼이 되고 말았다. 그로부터 32년이 지난 뒤, 판결은 재심에서 무죄로 뒤집혔지만, 한번 숨진 그들이 다시 살아 돌아올 수는 없었다.

당시의 집권자 박정희조차도 말년에 이르러 술에 취하면, 인혁당 사건의 잔인한 처리를 후회하며 울먹였다고 한다. 믿을 수도 안 믿을 수도 없는 이야기였다. 또 박정희는 "내가 봐도 유신헌법의 대통령 선출방법은 엉터리야"라고 측근에게 말하기도 했다. 그런데 오늘에 군림한 '제2의 박정권'은 40년 전의 그 저주스러운 악몽을 떠올리게 하는 '역주행'에 여념이 없다. 작금의 역사 교과서 '국정화 작전'에서도 그 본색이 역연히 드러나고 있다.

청년 여정남의 원죄冤罪를 포함한 2차 인혁당 사건은 형 집행 30년 후인 2005년 12월 27일 재심이 시작돼 2007년 무죄판결이 났지만, 통분하게 유명을 달리한 그들이 살아올 수는 없었다. 다만, 그 처참한 진상은 이제라도 반드시 역사에 올바르게 기록되어야 한다.

법관도 압제자다

지금 박근혜 정권의 의도대로 끝내 역사 교과서의 '국정'이 강행되더라도 다를 수가 없다. 사법살인의 죄악과 통회痛悔, 그리고 분노도 조국의 분단과 독재에서 빚어진 엄연한 역사의 일부이며, 결코 잊혀도 안 되고, 용서할 수도 없는 국가 범죄의 산물이기 때문이다. 당시 사법부의 무력하고 추종적이었던 처사들을 생각하면, "때로는 법관도 압제자일 수 있다"고 한 미국 연방대법원의 윌리엄 O. 더글러스 판사의 경고를 새삼 떠올리게 된다.

이번에 '여정남 평전 편집위원회(위원장 정화영)'가 기획하고 정운현님이 집필한 『청년 여정남』은 어느 모로 보나 매우 소중한 기록물이다. 여기에는 여정남의 의로운 삶은 물론, 그와 함께 사법살인의 희생이 되었던 분들에 대한 진지한 탐구와 인혁당 사건의 조작·재판 및 전격 처형에 이르는 구체적 과정이 실증적으로 기술되어 있다.

이 평전은 사건 기록, 관계자의 증언, 중요한 문헌 자료 등이 풍부하게 뒷받침되어 있는데다가 집필자의 차분하고도 탄탄한 서술이 기록성과 신뢰도를 한층 높여주고 있다.

아무쪼록 이 귀한 책이 오늘의 집권자를 비롯한 권력자들의 필독서가 되기를 바라고, 이 나라의 주인된 우리 모두에게 깨달음과 다짐의 경전이 되기를 염원한다.

피해를 입지 않은 자의 분노

아테네의 정치가이자 시인인 솔론은 "피해를 입지 않은 자가 피해를 입은 자와 똑같이 분노하는 사회에서만 정의는 실현된다"고 했다. 억울하게 가신 영령들의 명복을 빌며, 유가족 여러분께 위로의 말씀을 드린다.

아! 여정남.

정치범 내지 시국 사범을 변호하다보면 어처구니없는 일을 흔하게 겪는다. 도대체 수사기관이 법을 안 지키는가 하면, 심지어 재판조차도 믿을 수가 없다.

법에 어긋나는 수사와 재판은 억울한 사람을 죄인으로 만든다. 해방 후 이 나라에 온갖 의혹·탄압·보복 사건이 끊이지 않았고, 그 와중에 통한의 원죄인들 오죽 많았겠는가.

내가 체험한 박정희 군사독재하에서는 유신헌법에 반대하거나 그 개정만 주장해도 15년 징역이었다. 법률도 아닌 '대통령 긴급조치'라는 명령만 가지고 그런 짓을 했다.

1975년 4월에 선포된 긴급조치 4호는 이른바 '민청학련' 사건을 만들어냈다. 기독교계 중심의 청년·학생들이 유신헌법을 반대하고 박정권을 전복하려 했다면서, 긴급조치 외에 내란음모와 국가보안법 위반까지 뒤집어씌운 드라마였다.

무려 180명을 재판에, 사형, 무기를 남발

당시 중앙정보부 발표에 의하면, 무려 1204명이 이 사건으로 관계기관에서 조사를 받았고, 그중 253명이 비상 군법회의 검찰부에 송치되었으며, 180명이 공판에 회부되었다.

나는 그 중심세력으로 되어 있는 34명 그룹 중 열 명의 변호를 맡았다. 1심부터 사형, 무기징역 등 터무니없이 무거운 형이 무더기로 떨어졌고, 항소심이나 대법원에서도 '기각' '기각'으로 일관했다. 오늘 말하고자 하는 비운의 주인공 여정남씨는 항소심을 앞두고 불시에 내가 맡게 된 피고인이었다.

무슨 영문이었는지 몰라도 1심 변호인이 불가피한 사정이 있다면서 나보고 변호를 대신해달라는 것이었다.

당시 경북대 학생회장 출신의 여군은 민청학련 사건의 피고인이면서 인민혁명당 재건위 사건과의 연결고리 역할로 꾸며져 기소돼 있었다.

중앙정보부는 도예종씨 등 스무 명이 인혁당 재건위를 결성하고 북한의 지령에 의하여 민청학련을 배후 조종하여 정부를 전복한 후 공산국가를 건설하려 했다는 시나리오를 내놓았던 것이다. 여기서 인혁당과 민청학련 사이의 가교역으로 여정남 군이 찍혔다.

여군은 물론 인혁당과의 관련성을 전면 부인했으나 그 사건의 일곱 명과 함께 대법원에서 사형이 확정되었다.

여군은 상고 이유서에서 "시종일관 고문, 공갈, 협박에 의한 허위 진술로 강제 조작한 엉터리 공소사실과 위법한 재판"을 이유로 무죄를 주장했지만, 대법원에서도 전혀 귀를 기울여주지 않았다.

대법원도 묻지 마 '기각'을

여군의 어머니가 몇 번이나 내 사무실에 오셔서 아들을 살려달라고 울먹이며 애원하셨다. 그 시절 재판의 몰골로 보아 올바른 판결을 기대할 수가 없었지만, 그 가련한 어머니에게 절망을 안겨줄 수가 없어서 "죄가 없으니 잘될 것"이라고 나는 빈말을 했다.

그해 12월 중순경 여정남 군의 상고 이유서를 대법원에 제출하고 1975년 새해를 맞은 뒤부터 나는 중앙정보부에 연행되기 시작하다가 마침내 3월 하순에 반공법 위반으로 구속되어 서울구치소에 수감되는 신세가 되었다. 내가 변호했던 피고인들과 같은 감옥에 갇히게 된 내 심경은 매우 착잡했다. 이젠 그들이 나를 걱정하는 판국이 되었다.

1975년 4월 8일은 내 사건 1심 재판의 첫 기일이어서 구치소 호송버스에 실려 법원으로 갔다. 그때 대법원 본관 건물 앞에서 많은 인파가 술렁대며 무언가를 외치면서 울부짖고 있었다. 인혁당 사건과 민청학련 사건의 상고심 판결에서 피고인 여덟 명에 대한 사형이 확정된 것이었다.

사형 선고 열여덟 시간 만의 처형이라니

그로부터 불과 열여덟 시간이 지난 9일 이른 아침, 참으로 천인공노할 일이 구치소 안에서 벌어지고 있었다. 전날 사형이 확정된 여덟 명에 대한 교수형이 전격 집행된 것이다. 선고 다음날 새벽 미친듯이 서둘러 사형 집행을 한 것 자체

가 그 사건이 조작 범죄임을 고백한 거나 마찬가지였다.

여군은 내가 근 40년 동안 변호한 많은 피고인 중에서 유일하게 사형 집행을 당한 비명非命의 젊은이였다.

2002년 9월 12일 의문사진상규명위원회가 '인혁당 사건 조작'을 공식 발표할 때, 맨 처음 머리에 떠오른 것은 바로 여군의 얼굴이었다.

일본 귀화 거부한
재일 한국인 변호사 1호

김경득 변호사

김경득
金敬得, 1949~2005

김경득 변호사는 1949년 일본 와카야마시에서 태어났다. 자라는 동안 일본 이름을 쓰고 길에서 어머니를 만나도 한국어를 쓰기 싫다며 외면할 정도로 재일 조선인임을 숨기며 살았다. 1972년 와세다대 법학부를 졸업하고 신문기자로 취직하려 했으나 한국인이라는 이유로 입사를 거부당하며 비로소 자기 정체성을 받아들였다. 이때부터 본명인 김경득을 사용하며 법률 공부에 매진한 끝에, 1976년 사법시험에 합격했다. 그러나 일본 국적을 취득하지 않으면 사법연수소 입소가 불가하다는 사실을 알게 돼 '국적 조항 철폐운동'에 나섰다. 여섯 번에 걸쳐 최고재판소에 의견서를 제출해 1977년 일본 최초로 '외국인' 사법연수생이 됐으며 이후 변호사 사무실을 열고 재일 조선인 차별 철폐에 앞장섰다.

1945년 종전 후 상당수의 조선인이 고국으로 돌아갔으나 한국전쟁 등 급변하는 국내외 정세로 약 육칠십만 명이 일본에 잔류했다. 태평양전쟁 후 일본을 점령한 연합군은, 재일 조선인을 일본인이 아니라 과거 일본 국민에 속했던 적국인, 즉 '특수 지위국에 속하는 사람'으로 규정하면서 일제 강점기 동화정책으로 일본 국적을 강요받았던 재일 조선인들은 돌연 '외국인'으로 분류됐다. 재일 조선인은 교육, 참정 등 기본권을 뺏기고 사회적, 제도적으로 차별을 받았다. 외국인등록증을 늘 소지해야 하며 경찰이 요구하면 이를 제시해야 했다. 잠재적 범죄자로 인식돼 지문 날인을 강제당했고 여차하면 강제 퇴거가 가능했으며 공공기관에 취업할 수도 없었다. 외국인을 배제하는 공공기관의 논리는 민간에도 광범위하게 번져 차별 구조를 더욱 강화했다.

이러한 상황에 맞서 김경득은 지문 날인 거부운동, 재일 조선인 국민연금 소송, 도쿄도 관리직 채용 거부 소송, 일본군 위안부 전후 보상 소송 등을 통해 재일 조선인들의 인권을 위해 힘썼

다. 2005년 12월 28일 도쿄 자택에서 위암으로 별세했으며 한국 정부는 국민훈장 무궁화장을 추서했다. 그의 뜻을 이어받아 아들 김창호도 일본에서 변호사로 활동하고 있다.

김경득 소년의 민족의식

1949년, 재일 한국인 2세로 일본에서 태어난 김경득은 고등학교 때까지도 한국인임을 내색하지 않고 살아왔다. 그러나 고학을 하면서 와세다대학 법학부를 졸업한 그는 한국인이라는 이유로 취업이 거부되면서 민족의식에 눈뜨기 시작했다. 그리고 아르바이트를 하면서 열심히 공부한 끝에 1976년 마침내 사법시험에 합격한다.

그런데 일본 최고재판소의 '사법연수생 선발요강'에는 일본 국적을 갖지 않은 자는 연수생이 될 수 없다고 되어 있었다. 그러니까 일본인으로 귀화하지 않으면 판검사나 변호사가 될 수 없게 되어 있었다. 다시 말해서 재일 한국인 변호사들은 모두 일본 국적을 취득할 수밖에 없었다. 김경득은 사법연수소 입소를 가로막는 그런 국적 조항을 무너뜨리고 한국 국적을 유지한 채 일본 변호사가 되기 위한 청원운동을 시작했다.

사법연수소 국적 조항 폐지 청원

1976년 12월 14일자 아사히신문에는 다음과 같은 김변호사의 의견이 실려 나왔다.

"나는 일본 사회의 차별을 피해서 살려던 생각을 버렸다. 이제 한국인임을 써붙이고 살기로 결심했다. '한국인 변호사'가 되어 한국인에 대한 차별을 없애는 데 앞장서는 것을 내 생애의 목표로 삼겠다."

그는 일본 최고재판소에 전후 여섯 번에 걸쳐 청원서를 내는 등 집요한 노력 끝에 일본 사법연수소 입소 요건인 '국적 조항'의 예외 규정 신설을 관철하였다. 일본인 변호사와 법학자들까지 김변호사의 입소 투쟁(?)에 동참하고 성원함으로써 일본 사법부가 기존의 국적 요건을 완화하여 종래의 '금지'에 융통성을 두도록 압박했던 것이다.

이로써 재일 한국인이 일본 법정에 제기하는 소송에서 정작 사건 당사자인 우리 동포가 오로지 일본 국적의 일본 변호사에게만 사건을 의뢰할 수밖에 없는 현실이 바로잡히게 된 것이다.

그리고 한국 국적을 가진 채 일본 변호사가 된 김경득 변호사가 일본 변호사의 자격으로 법정활동을 하게 됨으로써 법정의 소송대리인석에 한국 국적의 변호사가 버티고 앉아 당당하게 우리 동포를 대변하게 되었으니, 이 얼마나 민족의 자부심을 실감할 수 있는 일인가.

나도 김경득 변호사가 일본인으로 귀화하지 않은 채 일본 사법연수소에 입소한 최초의 한국인임을 높이 평가하고 존경하게 되었으니, 그의 남다른 민족의식과 신념에 경의를 표하지 않을 수 없었다. 동시에 그의 사법연수소 입소를 성원한 일본인들과 입소자 선발요강을 개정하여 귀화하지 않은 외국인도 입소할 수 있는 길을 열어준 일본 최고재판소 당국에도 찬사를 보내고 싶었다.

오히려 일본인 변호사들이 한국인을 위해서

종전에는, 일본인으로 귀화한 한국인 변호사들의 무관심 속에서, 오히려 일본인(혈통상) 변호사들이 우리 한국 또는 한국인들을 위해 자진해서 법정에 서는 역설적이자 감동적인 사례도 있었다.

일제 강점기에 '흑도회黑陶會'라는 비밀결사를 조직, 일본

천황을 암살하려다 체포된 박열 등 조선의 독립지사들을 변호한 후세 다쓰지 변호사, 한국인 화물차 운전기사의 강도살인 혐의를 벗겨주기 위해 자신이 일부러 명예훼손의 피고인이 되었던 마사키 히로시 변호사, 이런 분들의 민족을 초월한 감동적인 활동이 널리 화제가 되었다.

이처럼 한국인의 억울함을 풀어주기 위해 나선 일본인 변호사들이 있었는데도, 정작 한국 또는 한국인을 위한 민족적 사건에서 한국인(혈통상) 변호사가 나섰다는 사례는 별로 알려진 바가 없었다.

어느 직업보다도 정의감에 투철해야 할 직업이 바로 변호사이건만, 일본 안의 한국인 변호사들은 모두 일본인으로 귀화한 터여서인지 재일 동포를 옹호하는 사건을 자진 변호했다는 감동적인 실화는 별로 알려진 바가 없었던 것이다.

그런 일본 법조 풍토에서 끝내 귀화를 거부한 김경득 변호사의 등장은 매우 반갑고 감동적인 '사건'이었다. "아! 이 사람은 다르구나" "이런 인물도 있구나" 하는 놀라움과 기대가 중첩되기도 했다.

김변호사가 어학(한국어)연수를 위해 서울에 와 있던 시기는 마침 내가 김대중 내란음모 사건으로 복역 후 변호사 자격이 박탈된 채 무직 상태에 놓여 있을 때였다. 나로서는 법원 근처나 변호사회관에는 나갈 일이 별로 없던 처지여서 김변호사와 만날 기회가 별로 없었다.

그후 1983년 가을, 내가 복권이 되고 나서 다시 변호사 사무실을 열고 법정에 드나들면서 간혹 변호사회관에서 그를 만날 수가 있었다. 그의 서툰 우리말이 오히려 대견스러웠고, 과묵하면서도 진지한 성품이 믿음직스러웠다. 그는 모국에 체류하면서 비단 우리말뿐 아니라 한국사회와 한국인의 실상을 많이 알게 되었을 것이다. 법조계 선배들과의 친교 또한 소중한 수확이었음이 틀림없다.

재일 동포의 인권과 차별 철폐를 위한 활동

김변호사는 일본으로 돌아간 뒤, 차별받는 동포를 위하여 자신의 전문 역량을 다하는 변호사가 되었다. 그와 나는 재일 한국인을 주요 대상으로 하는 외국인 지문 압날 제도 철폐를 위한 싸움의 현장에서 합류하게 되었다.

1985년 5월, 한일 두 나라의 기독교단체가 도쿄에서 지문 강제 문제를 다루는 공동 심포지엄을 열게 되었을 때, 나는 한국기독교교회협의회(KNCC)의 인권위원과 재일 한국인위원을 겸하고 있던 처지에서 「외국인 지문 압날 제도와 일본의 국익」이라는 제목으로 주제 발표를 했다. 그 자리에는 한국인 기독교 성직자(목사, 신부) 몇 분과 김변호사가 참석했는데, 오히려 일본인들이 훨씬 더 많이 나와 있었다. 정작 국내에서는 해외 동포의 권익 문제에 거의 무관심한 터였는데 오히려 많은 일본인들이 자기네 정부를 질타하면서 한국인에 대한 차별 정책의 철폐를 외치고 나섰던 것이다.

재일 외국인에 대한 지문 강제 문제도 그 나라의 제도이자 법적 문제인 만큼, 그 차별 당사자인 한국 국적의 (일본) 변호사가 등장했다는 것은 매우 의미 있는 일이었다. 일본의 양심적 인사들과 어깨를 나란히 하여 운동 내지 투쟁의 대열에 앞장서는 김변호사가 그렇게 자랑스러울 수 없었다.

가와사키 집회에서 체험한 분노와 감동

앞서의 심포지엄이 도쿄에서 열리던 날, 뜻밖의 사태가 일어났다. 그 행사에 나와 지문 날인 거부에 관한 증언을 하기로 되어 있던 가와사키 거주 이상호씨가 바로 그날 아침 일본 경찰에 체포되었다는 것이었다. 우리 동포에게 지문 찍기를 강요하는 외국인등록법 위반으로 구속되었다는 뉴스였다.

심포지엄 참석자들은 모두 가와사키로 달려가서 항의집회에 참석하였다. 집회장에는 재일 동포들뿐 아니라 많은 일본인들이 자리를 메우고 있는 데 놀랐다. 이씨의 체포에 항의하는 전문이 일본 각지와 서울에서는 물론이고 멀리 미국과 독일에서도 날아들었다.

그 집회에 나온 재일 동포 이상호씨의 부인이 단상에 올라가 소개되자 장내가 떠나갈 듯한 박수가 터졌다. 단상의 그 부인은 참으로 감동적인 말을 했다. "나는 남편이 옳은 것을 끝까지 옳다고 주장하다 붙들려간 것을 정말 자랑스럽게 생각합니다."

다시 한번 뜨거운 박수와 함성!

그뿐인가. 이번엔 한 일본인이 외쳤다. "권력은 자기 편의대로 법을 운용한다는 것이 이번에 드러났다. 이것은 일본의 수치다. 그러므로 우리 일본인이 선두에 나서서 싸워야 한다."

일본인의 입에서 이런 말이 나오다니, 무척 놀라운 일이었다. 그 사람은 가와사키시의 직원노동조합 대표였다.

그 무렵 재일 동포 사회에서는 이인하, 최창화, 강영일 세 목사님과 배중도 신부님 등이 지문 압날 철폐운동을 이끌고 있었다. 그렇다고 지문 반대가 재일 한국인들만의 운동이 아니었다는 사실은 앞서 말했지만, 놀랍게도 일본의 공무원들까지 나서서 반대운동에 참여했던 것이다.

심지어 지문 채취 사무를 맡고 있는 지방자치단체의 공무원들이 협의체를 만들어 지문 강제 폐지를 중앙정부에 건의할 정도였다. 지문 강제 규정을 두고 있는 외국인등록법의 개정을 건의한 지방자치단체도 1060개에 달했다. 놀랍게도 그들은 한국인을 지원하는 입장이 아니라 그것이 바로 자신들의 문제라고 말했다.

그후 1980년대 후반을 맞으면서 재일 동포의 법적 지위 문제, 이른바 '91년 문제'가 대두되어 재일 동포 사회를 다시 긴장시켰다. 재일 동포 3세 이후의 일본 영주권 문제가 해결되지 않은 채 1991년이 다가오고 있었던 것이다.

나는 이 문제로 일본 오사카에 가서 강연회에 나서기도 하였고, 국회 외무통일위원회 공청회에서 진술인으로 견해를 밝히기도 하였다.

그 밖에도 한일 간의 문제, 그중에서도 한국인에 대한 일본 정부의 차별 문제에 대하여 김변호사는 하나도 놓치지 않고 그 시정 운동에 나서서 선도적 역할을 다했다. 즉 지문 날인 철폐와 영주권 등 법적 지위 문제는 물론이고, 재일 한국인의 전후戰後 보상 문제, 종군 위안부 문제, 지방 참정권 문제 등 전반에 걸쳐서 그의 발길이 닿지 않은 곳이 없을 정도였다. 재일 동포 사회는 말할 것도 없고 일본인 사회에서도 김변호사는 존경의 대상이었고, 운동의 중심인물이 되어 있었다.

그는 본국인 우리 정부나 민간단체의 이해와 지원을 얻기 위해 서울에도 자주 왕래를 했다.

한국어로 전화를 받는 법률사무소와 그의 유지

나는 나대로 일본에 가는 기회가 늘어갔다. 그때마다 우리는 서로 만나서 많은 이야기를 나누었다. 주로 재일 동포 사회의 당면 문제에 관한 의견 교환이었다. 내가 주최하거나 초청하는 모임에 그가 참석하면 나는 자랑스럽게 그를 소개하거나 칭송하곤 했다. 저서나 글을 서로 주고받았으며, 필요하면 전화로 긴 통화를 하기도 했다. 도쿄 요쓰야에 있는 그의 사무실에 전화를 걸거나 찾아가면 우선 우리말로 응대를 해주는 직원들의 목소리가 그렇게도 반갑고 고마웠다. 자택으로 전화하면 언제나 우리말로 '여보세요'였다. 서울에 온 재일동포가 호텔에서 굳이 일본말로 전화를 받는 사람이 드물지 않았던 터이고 보면, 그냥 예사로 넘길 이야기가 아니었다.

이제 김변호사가 뿌리고 가꾸어놓은 싹과 줄기와 열매가 재일 동포 사회에 종자가 되고 묘목이 되고 열매가 되어 영원한 민족의 에너지로 뻗어나가기를 빈다. 다행히 지금은 일본에 한국인(국적) 변호사가 수십 명에 이른다고 하니, 아무쪼록 김변호사의 숭고한 뜻을 이어받아 결집된 힘을 발휘함으로써 그분의 염원을 이루어주기를 간절히 당부하고 기대한다.

김변호사는 애석하게도 2005년 12월에 56세를 일기로 이 세상을 떠났으나, 그의 자녀들이 역시 변호사가 되어 아버지의 뒤를 이어 재일 한국인의 차별 철폐 등에 헌신하고 있다.

삼가 김변호사님의 명복을 빌고, 유가족 여러분께 위로의 말씀을 드린다.

감방에서 시작된
우리의 '동행'

문재인 대통령

문재인

文在寅, 1953~

문재인 대통령은 1953년 1월 24일 경상남도 거제에서 태어났다. 부산남항초등학교, 경남중학교를 거쳐 경남고등학교에 진학했다. 지역 명문인 경남고에 전체 수석으로 입학할 정도였으나 고교 시절 부조리하고 불공정한 사회에 대한 저항심이 싹터 삼선개헌 반대 시위 등 중요한 시국상황 때마다 시위에 동참했다. 재수 끝에 1972년 4년간 장학금을 제시한 경희대 법학과에 문과 수석으로 입학했다.

1975년 4월, 총학생회 총무부장으로 유신 반대 시위를 주도하다가 구속돼 징역 8월에 집행유예 1년을 선고받고 학교에서도 제

적당했다. 출소하자마자 강제 징집되어 육군 특전사령부 특전여단에서 복무했으며, 제대 후 사법시험 준비를 시작했다. 1980년 경희대에 복학해 '서울의 봄' 시위에 참여하는 등 시험 공부와 시위를 병행하다가 5·17 확대 계엄 조치가 내려지자 실시된 예비검속으로 체포되어 청량리경찰서 유치장에 갇혀 사시 합격 소식을 들었다.

1982년 사법연수원을 차석으로 마치나 시위 전력이 문제가 돼 판사 임용에 탈락하자 노모가 계신 부산으로 내려갔다. 거기서 노무현 변호사와 인연을 맺고 1982년 합동법률사무소를 차렸다. 이후 경남 지역의 굵직한 노동 사건을 변호하고 민주화운동에 앞장서며 인권 변호사로 이름을 알렸다. 1987년 정계 입문을 권유받지만 한사코 거절하고 부산에 남아 부산지방변호사 인권위원장, 민변 부산지부 대표를 거쳐 경남지부 대표를 맡으며 활약했다. 그러던 중 2002년 노무현이 대선에 출마하며 부산 선거대책본부장을 맡았고 2003년 참여정부가 출범하며 대통령비서실 민정수석비서관을 맡아 정치권에 발을 디뎠다.

2004년 노무현 대통령의 탄핵소추안이 국회에서 통과되자 탄핵대리인단 구성을 비롯해 법적 대응 전반을 도맡았다. 탄핵심

판이 기각된 후 2005년 다시 청와대에 들어가 대통령비서실 시민사회수석, 민정수석, 정무특보를 거쳐 비서실장을 지냈다. 참여정부와 함께 임기를 마치고 고향에 돌아가나 2009년 노무현 전 대통령이 서거하자 서거 발표부터 장례 준비를 위한 회의 주재까지 도맡아 진행했다. 이후 19대 총선에서 부산 사상구에 출마해 당선되었고 18대 대통령선거에도 출마했으나 낙선했다. 2016년 11월 박근혜 대통령 탄핵 국면에 앞장섰고 이후 박근혜 대통령이 파면되어 진행된 조기 대선에서 19대 대통령으로 당선되었다.

서울구치소 옆방

문재인과 나, 우리 사이의 '상고사上古史'는 서울구치소가 그 무대였다. 그후 두 사람의 '근현대사'에 이르는 연표의 항목을 간추리자면 대충 이러하다.

서울구치소 옆방 동문(1975년 봄)으로 시작하여, 민주헌법쟁취국민운동본부와 6월 민주항쟁(1987년), 노무현 변호사 구속 사건 변호인단(1987년), 민주사회를 위한 변호사 모임(1988년), 노무현 대통령 탄핵 사건 대리인단(2004년), 사법제도개혁추진위원회(2005년) 등 여러 기관 내지 조직에서 합심하여 같은 길을 걸었다.

그러니까 이 나라 역사의 폭풍 속에서 험난한 길을 동행해온 사이라고 할 수 있는데, 따지고 보면 이 모두가 박정희, 전두환 등 군사독재자들 덕분(?)이기도 했다.

감옥에서의 첫 만남부터 그러했다. 1975년 3월, 나는 「어떤 조사」라는 글을 트집잡은 반공법 필화 사건으로 중앙정보부에 구속되어 서울구치소에 수감되어 있었다. 구속 당시 나는 김대중(전 야당 대통령 후보), 김지하(「오적」이란 담시로 유명해진 시인), 이병린(전 대한변호사협회 회장) 등 재야인사들의 변호를 맡고 있던 참이었다. 그 무렵엔 반정부 민주화 투쟁에 나선 재야인사와 청년, 학생, 종교인, 노동자 들이 줄줄이 구치소로 '전입'을 하던 때였다.

데모 학생 문재인 군

그때 나는 2사舍 상上 5방에 갇혀 있었는데, 어느 날 오후 옆방에 학생 한 사람이 '신입'으로 들어왔다. 그 젊은이가 바로 경희대 총학생회 간부로 반독재시위를 주도하다가 시위 현장에서 잡혀온 문재인 군이었다. 나는 교도관에게 부탁해서 메리야스(러닝과 팬티) 한 벌을 옆방으로 보냈다. 가족 접견도, 물품 영치도 안 되는 가운데 험난한 경찰의 체포 조사 과정을 거쳐 구치소로 넘어온 사람에겐, (더구나 여름철이라) 깨끗한 내의가 시급한 터였다. 내가 감방 후배인 그에게 할 수 있는 배려(?)는 그것뿐이었다.

그리고 오랜 세월이 흘러 그 '러닝 이웃 돕기(?)'는 잊고 있었는데, 훗날 거제도 옥포조선소 사건(조선소 노동자 이석규씨가 경찰의 최루탄에 맞아 사망한 사건)으로 현장에 갔던 노무현, 이상수 두 변호사가 구속되었을 때, 나는 충무경찰서에 가서 이상수 변호사를, 부산해운대 경찰서에 가서는 노무현 변호사를 접견했다. 그리고 문재인 변호사를 만났다. 그때 문재인 변호사가 왕년의 그 러닝셔츠 이야기를 하는 것이 아닌가? 순간 기억의 시곗바늘이 12년 전으로 거슬러 올라가 서울구치소 시절 생각이 떠올라서 수채화 같기도 하고 유화 같기도 한 감회를 나누었다.

군자불기의 길

2009년 5월, 놀랍게도 노무현 대통령이 세상을 뜨고 난 뒤, 문변호사는 그분과의 '운명 같은 30년 동행'을 기록한 『운명』이란 자서전을 펴내어 베스트셀러가 되었다. 그런데 그 책에 서울구치소에서의 메리야스 러닝셔츠의 추억을 언급해놓았다. 그 대목을 읽으면서 나도 정겨운 회상을 했다.

그 『운명』을 읽었다는 친지 한 분으로부터 전화가 걸려왔다. 그는 문변호사에게 좋은 일을 했다는 덕담을 하고 나서,

"그런데 그 러닝셔츠 사이즈가 맞았는지 모르겠어요"라는 것이 아닌가? 나는 뜻하지 않은 그 말에 임기응변으로 이렇게 얼버무렸다. "그야, 메리야스니까 신축성이 있어서 괜찮았을 겁니다."

지금 나는 왕년의 '옥중 적선'을 말하고자 하는 것이 아니다. 그때 그의 몸 사이즈가 아닌 지금의 그의 '생각과 경륜의 사이즈'를 헤아려보고자 하는 것이다. 나보다는 훨씬 크고 넓은 그의 내면과 보폭步幅을 만인 앞에 보여주고 공감을 얻어내야 할 시점에 그는 우뚝 서 있기 때문이다.

그는 이제 사이즈뿐 아니라 밀도와 포용력 그리고 나라를 위한 헌신에서도 전혀 새로운 인물이 되었다. 그런 그에게 나는 메리야스처럼 깨끗하고 신축성 있는 무엇인가를 또 선물하고 싶은 심정이다. 사이즈나 그릇에 구애됨이 없는 '군자불기君子不器'를 실증하는 큰 인물이 되기를 기대하고 염원하는 것이다.

그는 징역살이, 공수특전단 근무, 복학 등 일련의 우여곡절을 거친 뒤, 전두환의 등장으로 다시 구속된다. 그러나 유치장 안에서 사법시험 합격 소식을 듣고 외부의 축하객들과 함께 경찰서 내에서 소주 파티를 벌이고 석방되는 행운을 맞는다.

그는 변호사가 되어 노무현 변호사와 같은 법률사무소(법무법인 '부산')에서 서로 같은 궤적을 밟아가는 사이가 되었다. 그런 가운데, 1987년의 6월항쟁 때는 범국민적 시위투쟁을 주도했던 민주헌법쟁취국민운동 부산본부(부산 쪽 상임집행위원장은 노무현 변호사)의 상임집행위원이 되어 위험하고 고된 직분을 수행했다. 나는 당시 서울본부의 법조계 쪽 상임공동대표를 맡고 있었으므로 앞서 말한 대로 거제 사건으로 구속된 이상수 변호사와 노무현 변호사를 접견하러 현지를 찾아갔고, 그때 험난한 여건을 무릅쓰고 부산·경남 일대의 반정부 민주화투쟁을 이끌고 있던 문변호사의 노고에 감사와 격려의 뜻을 전하고 돌아온 기억이 생생하다.

문재인의 친구 노무현

노무현 변호사는 뜻밖에도 '장식(장례식)방해죄'라는 희한한 죄목으로 부산지법에 기소되어 서울의 변호사들도 대거 변호인단에 참여했다. 그 수가 무려 99명에 달했지만, 실제로 재판 준비나 법정활동은 문변호사가 도맡다시피 하였다. 나는 그런 동지 또는 후배를 곁에 두고 있는 노무현 변호사가 부러웠다. 아니, 그들은 선후배나 동료, 그 이상의 사이였다. 오죽하면 노무현 변호사는 훗날 대통령이 된 뒤, '노무현의 친구 문재인'이 아니라 '문재인의 친구 노무현'이라는 명언을 남겼을까.

문재인은 노무현과 행보를 같이하면서 온갖 고역을 감당하는 가운데 '민변'(민주사회를 위한 변호사 모임)의 부산 쪽 조직과 활동에서도 주도적 역할을 다하고 있었다.

그는 노무현 대통령의 참여정부가 들어서자 청와대 민정수석으로 일했다. 그러던 어느 시점에 이런저런 사정으로 한때 청와대를 그만두고 노대통령 곁을 떠나 주유천하하면서 자유와 사생활을 만끽한다.

그러나 2004년 2월, 카트만두에서 노대통령에 대한 야당의 탄핵소추안 발의 뉴스를 접하고 급히 서울로 돌아온다. 이 대목에서 인간 문재인의 진가가 한층 빛난다. 대통령이 위급할 때 그는 지근거리에서 방패가 되어야 한다는 단호하고도 아름다운 결심을 한 것이다.

놀랍게도 대통령 탄핵소추는 국회에서 날치기로 처리되었다. 문변호사는 즉각 대통령측 대리인단(변호인단)의 구성에 나선다.

나한테도 전화가 왔다. 나는 소송 업무를 떠난 지가 오래되어서 허명虛名만으로는 도움이 안 되니 유능한 젊은 변호사들로 팀을 만드는 것이 좋을 것이라면서 사양했다. 그러나 그는 법조계의 원로 선배들이 함께해주는 것이 국민들 보기에도 좋다면서 재고를 권했다. 더이상 머뭇거릴 일이 아니어서 수락을 하고 대리인단에 참여했다. 문변호사는 대리인단의 구성에서부터 그 운영에 이르기까지 총괄해서 잘 이끌어나갔다. 헌법재판소의 변론이 종결되던 날, 대통령측 최종변론에서 유현석 변호사님이 서론 부분을 말씀하시고, 나는 결론 부분을 맡아서 마무리를 지었다.

청와대 모임에서의 촌극

헌재의 최종 결정은 널리 알려진 대로 '기각'으로 막을 내렸지만, 그 과정이나 파문은 참으로 엄청난 것이었다.

탄핵심판에 대응하기 위하여 우리 헌재 대리인단이 청와

대에 들어가 대통령과 의견 교환을 한 적이 있었다. 그때 노 대통령은 굽힘 없는 강경 자세를 보였고, 우리 변호사들은 그의 법정 출석 불사론不辭論 등 강공법을 만류하느라 애를 먹었다.

그리고 회동이 끝날 때 이런 촌극도 있었다. 문변호사가, 끝으로 변호사들에게 당부하실 말씀이 없느냐고 하니까, 노 대통령은 의자에서 반쯤 몸을 일으키더니, "저 다시 대통령 할 수 있게 해주십시오"라고 말하는 것이 아닌가? 이래서 우리는 유쾌하게 헤어졌다. 노무현다운 꾸밈없고 담백한 그날 그의 어법은 내 기억에 오래 남아 있다.

사법개혁의 난제를 맡아달라고

2004년 12월, 청와대에 근무중인 변호사 한 분이 찾아왔다. 앞으로 출범할 사법제도개혁추진위원회의 위원장을 맡아달라는 청와대의 전갈을 가지고 온 '특사'였다. 나는 그 위원회의 전신인 대법원 단계의 위원회에서 위원장을 맡은 변호사를 그 자리에 추천하고자 설득을 자청하고 나섰으나 여의치 못했다. 결국 '설득 실패의 책임을 지라'는 이유 아닌 이유에 밀려 위원장 자리를 맡을 수밖에 없었다. 어렵기는 하지만 보람 있는 일이라고 생각되어 2005년 정초부터 다음해 연말까지 만 2년 동안 열심히 일했다.

위원회는 정부측의 관계 장관들과 법원측에서 법원행정처장 등 간부, 그리고 민간에서 각계 지도급 인사와 전문가들이 위원으로 참여하고, 그 아래 기획추진단에 법관, 검사, 대학교수, 변호사 등이 모여서 사법개혁 법안의 성안에 힘을 모았다. 문변호사도 정부측 위원(청와대 민정수석)으로 회의에 참석했지만 공식·비공식 간에 사법개혁의 방향이나 특정 내용을 권고 또는 유도하는 발언은 전혀 하지 않았다.

국무회의를 거쳐 국회에 넘어간 사법개혁입법안(정부안)은 야당인 한나라당의 반대와 묵살로 큰 난관을 겪으면서도 공판중심주의 강화, 국민참여 형사재판의 도입, 그리고 법학전문대학원의 신설 등 중요한 과제의 입법에 성공하는 성과를 올렸다.

노대통령 빈소 조문 이후

내가 문변호사를 다시 만난 것은 2009년 5월, 박원순 변호사와 함께 노대통령의 봉하 빈소에 조문을 갔을 때였다. 그는 사실상의 상주였고 동시에 호상護喪이었다. 그러나 조문을 받는 자리에서 한명숙 전 총리와 이정우 교수(경북대)가 조문객을 맞고 있었다. 그는 보이지 않았다. 1인 몇 역을 맡아서 슬퍼할 겨를도 없는 그를 만났을 때, 뭐라 위로할 말조차 생각나지 않았다.

그는 이제 크게 결심하고, 크게 변신하여 '노무현의 친구'에서 '온 국민의 친구'로, 아니 '온 국민을 섬기는 지도자'의 길로 나섰다.

그와 내가 함께 살아온 시대의 자취를 더듬어보면서, 그의 말에 믿음을 주는 진정성과 역동성 그리고 사심 없는 순결성을 다시금 확인할 수 있었다. 그의 성취가 우리 모두의 성취로 이어지기를 염원한다.

수록 자료 출처

- 김남주, 「황토현에 부치는 노래」, 『김남주 시전집』, 창비, 2014.
- 문경민 · 김은정 · 김원용, 『동학농민혁명 100년』, 나남, 1995.
- 신동엽, 「금강」, 『신동엽 시전집』, 창비, 2013.
- 신동엽, 「껍데기는 가라」, 『신동엽 시전집』, 창비, 2013.
- 조병화, 「서시」, 『인간고도』, 1954.
- 343쪽 사진: 다음 카페 젠틀재인(http://cafe.daum.net/gentlemoon) 규리 아빠님.
- 책에 인용한 자료는 대부분 저작권자의 동의를 얻어 수록했지만, 일부는 저작권자를 찾지 못했습니다. 저작권자가 확인되는 대로 정식 동의 절차를 밟겠습니다.

그분을 생각한다

1판 1쇄 2019년 5월 8일
1판 3쇄 2019년 7월 17일

지은이 한승헌 | 펴낸이 염현숙
책임편집 임혜지 | 편집 조영주 오동규 | 모니터링 이희연
디자인·일러스트 최윤미 | 마케팅 정민호 이숙재 양서연 안남영
홍보 김희숙 김상만 오혜림
제작 강신은 김동욱 임현식 | 제작처 한영문화사

펴낸곳 (주)문학동네
출판등록 1993년 10월 22일 제406-2003-000045호
주소 10881 경기도 파주시 회동길 210
전자우편 editor@munhak.com | 대표전화 031) 955-8888 | 팩스 031) 955-8855
문의전화 031) 955-3578(마케팅) 031) 955-2672(편집)
문학동네카페 http://cafe.naver.com/mhdn 트위터 @munhakdongne
북클럽문학동네 http://bookclubmunhak.com

ISBN 978-89-546-5619-1 03810

• 이 도서의 국립중앙도서관 출판예정도서목록(CIP)은 서지정보유통지원시스템 홈페이지(http://seoji.nl.go.kr)와 국가자료공동목록시스템(http://www.nl.go.kr/kolisnet)에서 이용하실 수 있습니다. (CIP제어번호: CIP2019016102)

www.munhak.com